Das Buch

Peter Bachérs Bücher für Augenblicke der Muße sind längst kein Geheimtip mehr, sein Publikum zählt nach Hunderttausenden. Die Faszination, die immer wieder von seinen Texten ausgeht, beruht nicht zuletzt auf einem unbestechlichen Sensorium für das Bemerkenswerte im Alltäglichen. Der Autor ist seinen Lesern ein unaufdringlicher Bekannter, der Lebenserfahrung ohne große Geste zugänglich macht, Stellung bezieht und dabei nicht bevormundet. Seine sensiblen Beobachtungen strahlen Ruhe aus und spenden Trost, ohne zu nahe zu treten. Sie sind ein Angebot, das dem Leser Raum für eigene Orientierung läßt. So auch in seinem neuen Band, in dem Bachér den Zauber entspannter Urlaubsstunden einfängt, den Leser an unverhofften Begegnungen teilhaben und ihn die Wunden spüren läßt, die mangelnde Sensibilität im Miteinander schlagen kann.

Der Autor

Peter Bachér, 1927 in Rostock geboren und ein Urenkel von Theodor Storm, war Chefredakteur von ELTERN, BILD AM SONNTAG und HÖRZU, als deren Herausgeber er auch bis Sommer 1992 tätig war. Seit zehn Jahren erscheint in jeder Ausgabe der WELT AM SONNTAG unter dem Titel *Heute ist Sonntag* eine Kolumne. Peter Bachér ist verheiratet, hat zwei Kinder und lebt in München.

In unserem Hause sind von Peter Bachér außerdem lieferbar:

Heute ist Sonntag
Und wieder ist Sonntag
Laß uns wieder von der Liebe reden
Trotz allem glücklich sein
Eine Woche Sonnenschein
Das Glück, auf dieser Welt zu sein
Momente der Nähe

Peter Bachér

Die leisen Töne des Lebens

Gedanken der Zuversicht

Ullstein

Der Ullstein Taschenbuchverlag ist ein Unternehmen der Econ Ullstein List
Verlag GmbH & Co. KG, München
3. Auflage 2002
© 2000 für die deutsche Ausgabe by Econ Ullstein List Verlag GmbH & Co. KG,
München
© 1998 by Ullstein Buchverlage GmbH & Co. KG, Berlin
Umschlagkonzept: Lohmüller Werbeagentur GmbH & Co. KG, Berlin
Umschlaggestaltung: Morian & Bayer-Eynck, Coesfeld
Titelabbildung: Mauritius
Druck und Bindearbeiten: Elsnerdruck, Berlin
Printed in Germany
ISBN 3-548-24781-4

INHALT

Brücken über die Einsamkeit 111

Jenseits aller Worte

Wiedersehen mit einer alten Liebe

Jeder von uns kennt diesen Wunsch, einmal wieder einzutauchen in die Stätten der Vergangenheit, die einem glückliche Augenblicke bescherten. Florenz war für mich eine solche Stadt. Dort hatte ich den Süden zum erstenmal umarmt, dort hatte ich südliche Heiterkeit gespürt, dorthin war ich vor vier Jahrzehnten gefahren, Schiebedach offen, die Welt der schönen Bilder suchend.

Und es gab sie, diese Bilder. Ein Blick auf den Dom Santa Maria del Fiore genügte, allein der Klang des Namens dieser Kirche war Musik. Der Spaziergang über den Ponte Vecchio schenkte einen Vorgeschmack auf orientalische Basare. Wie blinkte die Sonne im Widerschein des gelbsatten Goldes. Und war es nicht eine ganz andere Sonne als jene, die über der norddeutschen Tiefebene hing, von der aus ich gen Italien gestartet war?

Es war Liebe auf den ersten Blick, man mußte kein Poet wie Goethe sein, um die verwandelnde Kraft Italiens am eignen Leib zu spüren. Aber wie es mit der ersten Liebe im Leben so oft spielt: Sie mußte sich später bescheiden. Da kamen Maut und Stau und das spurlose Verschwinden von Autos. Und neue Ziele: Das geheimnisvolle Peking lockte, das Rätsel Moskau, das Glitzerding Hongkong, alle schnell erreichbar, preiswert obendrein – mein Flug von München jetzt nach Florenz war mehr als doppelt so teuer wie ein dieser Tage angepriesener New-York-Besuch.

Ja, die Märchenbücher der Jet-Generation sind die Last-minute-Prospekte mit Offerten, daß einem die Augen überquellen – warum soll man da den Reisefilm des eigenen Lebens noch einmal belichten?

*

Aber dann rief plötzlich ein Freund aus der Toscana an, ich sollte doch mal vorbeischauen. Und ich dachte: Warum eigentlich nicht? Und landete unversehens bei dem Abenteuer Wiedersehen mit einer alten Liebe.

Und was sahen meine Augen? Sie sahen: Unverändert und wie für die Ewigkeit gemeißelt stehen die Kunstwerke, die Skulpturen vor mir, die Kuppel des Domes glänzt im milden Abendlicht, Zeugnis einer Epoche, in der Menschen über zweihundert Jahre an der Verwirklichung dieses Bauwerks arbeiteten, für uns atemlose Zeitgenossen unvorstellbar. Ob im Palazzo Pitti die Gärten, ob im Palazzo Strozzi die Architektur, überall ehrfurchtgebietende Schönheit.

Und wenn du vor den »pathetischen Gräbern« stehst, wie Reinhard Raffalt schon 1957 schrieb, die an so erlauchte Geister wie Michelangelo, Galilei oder Machiavelli erinnern, dann weht dich Geschichte an, Größe, Genie, dann wirst du als Besucher klein und demütig.

Aber dann gibt es schmerzhaft diesen Kontrast: Du siehst, wie sich eine Menschenlawine über die Stadt ergießt, wie sie überall den Blick verstellt. Die Kirchen flehen mit Schildern am Eingang, die Menschen mögen bitte auf Shorts und Unterhemden verzichten, man möge dem Gotteshaus gegenüber Ehrfurcht bezeugen. Vergebens! Wenn sich Menschen in Touristen verwandeln, bleibt leider nur allzu oft die Rücksichtnahme auf der Strecke.

Du willst schon verzweifeln, da sehe ich, wiederum als Kontrast, eine Schlange, die kein Ende nimmt – junge Menschen aus aller Herren Länder, die auf den Einlaß in die Uffizien warten, stundenlang und geduldig, ein imponierendes Zeugnis ihrer Sehnsucht nach Schönheit, die Jahrhunderte überdauert hat.

Wenn ich daran denke, daß ich in diese Galerie früher so mir nichts, dir nichts hineinspaziert bin, dann weiß ich: Die alte Liebe Florenz ist noch immer jung, jedoch nur für die Jungen, die es nicht anders kennen und ihr zum erstenmal begegnen, nicht mehr für mich. Aber irgendeinen Preis muß man wohl dafür zahlen, daß man es einst so schön hatte ...

Ungewöhnliches Telefonat mit einem Arzt

Es war ein höchst ungewöhnlicher Telefonanruf, der mich in diesen Tagen erreichte. Am Apparat war ein Mann, der von mir mehr gesehen hat, als ich selbst je von mir sehen konnte oder je sehen werde.

Denn er hat mich, Monate ist es nun her, operiert. Eineinhalb Stunden dauerte die Unternehmung, ich erinnere nichts, die Narkose war tief.

Ich weiß nur, daß ich beim Aufwachen, beim Hinausgleiten aus einem traumlosen Dämmern und beim Hineingleiten in den Nachmittag, der sonnenhell vor dem Fenster des Krankenzimmers stand, einen einzigen Gedanken hatte: Menschenskind, da bist du noch einmal davongekommen.

Vor dem Eingriff hatte es noch ein Gespräch gegeben, Arzt–Patient, Informationen über mögliche Risiken, kein Zeuge war dabei. Der Patient im Spannungszustand vor der Operation, der Arzt im Niemandsland zwischen dem Vertrauen des Patienten in seine Kunst und der Furcht, daß der Patient, eben noch so zutraulich, später mit Anwälten daherkommt, sollte beispielsweise durch einen Schnitt in einen Nervenstrang ...

»Wir operieren im Millimeterbereich, aber daran wollen wir lieber gar nicht denken«, so hatte der Arzt damals geredet. Das Szenario einer Komplikation wollte er mir – und wohl auch sich selbst – ersparen. Dann sah ich ihn nur noch einmal: bei der Chefarzt-Visite am nächsten Morgen. Er rauschte ins Zimmer wie die Chefärzte im Fernsehen, ein Schwall junger Kollegen hinter sich. Er war eilig, er müsse jetzt nach Amerika, zu einem Vortrag.

»Und wenn ich zurück bin, sind Sie schon zu Hause, heute geht doch alles viel schneller«, sagte er. »Übrigens, es ist bei Ihnen alles gut gelaufen.« Das sagte er auch noch.

Die großen Könner sind bescheiden. Sie klopfen sich nicht selbst auf die Schulter. Und ich fand in der Minute, verdammt nochmal, kein Wort des Dankes. Es war ja nicht hundertprozentig sicher, daß der Eingriff so fabelhaft klappen würde. Es hätte ja auch anders kommen können. Operation ist schließlich Operation.

*

In den folgenden Monaten verblaßte bei mir die Erinnerung, bis dann das ganze Geschehen in schnellen Bildern plötzlich wieder auftauchte – durch das Telefonat. Am Apparat: der Arzt von damals.

Er beruhigte mich, noch ehe ich aufschrecken konnte: Nein, es gebe keinen besonderen Grund, mich anzurufen. Er wollte sich nur einmal nach meinem Befinden erkundigen. Er wollte wissen, ob die Genesung wirklich so verlaufen sei, wie er es mir damals prophezeit hatte.

Für einige Augenblicke war ich sprachlos.

Das hatte ich zuvor noch nicht erlebt, daß sich ein Arzt von sich aus meldet, um nochmal nachzuforschen, wie sein Patient mit der Krankheit, der Operation, dem Trauma möglicherweise — wie er mit all dem fertig geworden ist. Und ob er nun das Krankenblatt beruhigt ins Archiv schicken könne.

Und was speziell die Operateure angeht, da dachte ich sowieso, was andere Patienten denken: Die greifen zum Skalpell, fokussieren das Operationsfeld, schneiden hinein in den Körper, der da betäubt vor ihnen liegt — und dann ist die Sache für sie erledigt. Seit wann ist das Skalpell auch für die Seele zuständig?

Nun konnte ich ihm doch noch sagen, was ich damals bei der Visite versäumt hatte: ein Wort des Dankes.

*

Wenn dich das Glück verläßt und du bist schwer erkrankt, dann gibt es niemanden als den Arzt, kein anderer kann dir da helfen, sagte ich.

Und wieder kam eine Antwort, die mich überraschte:

»Sie irren, es gibt außer uns Ärzten noch jemanden: Gott. Ohne ihn sind auch wir Ärzte machtlos. Aber das wollen die meisten Patienten heute immer weniger wahrhaben.«

Gestatten, ich bin die Treue

Gestatten Sie, daß ich mich vorstelle: Ich bin die Treue. Sie werden sich vielleicht wundern, daß ich mich zu Wort melde, da von mir so selten die Rede ist und alle Welt nur noch von den Sex-Schockern spricht, die über das Fernsehen in unsere Wohnzimmer kommen.

Ich sehe unscheinbar aus, nicht so schillernd, wie es heute für die Medien nötig wäre. Treue wirkt überhaupt etwas langweilig. Da knistert nichts. Und ich spüre schon seit langem, daß ich für viele Menschen altmodisch bin. »Treu sein, das liegt mir nicht« ist nicht nur ein alter Operettenschlager, sondern die Lebensmaxime ganzer Generationen.

Da nun schon seit geraumer Zeit die erotischen Entfesselungskünstler die Fernsehschirme beherrschen und neuerdings auch leibhaftige Präsidenten mit von der Partie sind, hatte ich gehofft, man würde auch mich einmal zu den Diskussionsrunden einladen.

Denn wenn es um Liebe und Sex geht, habe ich doch ein Wörtchen mitzureden – oder etwa nicht? Zumindest die Liebe ist doch ohne mich nicht vorstellbar. Aber Fehlanzeige, von Treue wollen die Talkmaster nichts wissen, die Quoten könnten ja sinken.

Im Lexikon stehe ich unter dem Oberbegriff Tugenden; das ist zwar sehr schmeichelhaft, aber auch etwas langweilig. Zumal die Tugenden heute ebenfalls einen schweren Stand haben.

Wie wunderbar hat man einst die Treue besungen! Lauschen wir doch nur mal der Harfe von Shakespeare: »O wieviel holder blüht die Schönheit doch, ist ihr der Schmuck der Treue mitgegeben.« Das erzählen Sie mal heute den Powerfrauen. Sie ernten nichts als einen Lachkrampf.

Oder Friedrich von Schiller, der ausrief, daß die Treue doch kein leerer Wahn sei, was ich selbst sowieso nie geglaubt habe.

Und dann die Sache mit dem Deutschsein. Es war kein geringerer als Heinrich Heine, der diese Empfindung hatte und niederschrieb: »Wüßte ich nicht, daß die Treue so alt ist wie die Welt, so würde ich glatt glauben, ein deutsches Herz habe sie erfunden.«

Es gab die Nibelungentreue, die Treue bis in den Tod, die Zeile aus einem Lied vor zweihundert Jahren, die als Maxime für ein ganzes Volk gedacht war. »Üb immer Treu und Redlichkeit.«

Ich gebe ja zu, das alles klingt schon etwas sehr anstrengend. Aber wer sagt denn, daß Treue leicht sein muß?

Sicher, wir leben heute in einer »Nimm-was-du-kriegen-kannst-Gesellschaft«. Da bin ich mit meinem moralischen Anspruch eher ein Störenfried, ein Spielverderber.

Treue in der Ehe – pah! Heute feiern kreischende Gören mit einem Hit Triumphe, der da lautet:

»Verpiß dich!« – also das absolute Gegenteil von Treue.

Im übrigen: Mein Anspruch geht über das Bett hinaus. Treue hat etwas mit dem gesamten Leben zu tun. Treue ist total. Beständigkeit und Unwandelbarkeit sind die hehren Begriffe, die sich wie Girlanden um mich ranken.

Vielleicht arrangieren sich die Menschen deshalb so schwer mit mir, weil ich keine Kompromisse dulde. Ein bißchen treu geht nicht, so wie es ein bißchen schwanger nicht gibt. Wer nicht treu ist, ist untreu, und wer untreu ist, gilt als wortbrüchig, wankelmütig, abtrünnig, ehrlos.

*

Niemand sollte von mir erwarten, daß ich die moralischen Schrauben lockere, nur damit die Fun-Gesellschaft von heute machen kann, was sie will. Es wäre ja auch noch schöner, ausgerechnet von der Treue zu verlangen, daß sie sich selbst gegenüber treulos wird.

Und all jenen, die mir die Treue halten, verspreche ich: Eines Tages werde auch ich wieder voll im Trend liegen. Warum ich mich so sicher fühle? Weil ich der moralische Kitt bin, der uns alle zusammenhält.

Wenn wir auf Treue verzichten, bricht unser Zusammenleben wie ein Kartenhaus auseinander.

»Meine kleine Mama«

Er war 21 Jahre jung, der Flieger und Dichter Antoine de Saint-Exupéry, als er aus Rabat seiner Mutter einen Brief schickte, der mit der zärtlichen Begrüßung »Meine kleine Mama« begann, um dann allerdings in den folgenden Zeilen seiner Enttäuschung darüber freien Lauf zu lassen, daß er eine »sehr lange Zeit« ohne Nachricht von ihr leben mußte, »obwohl Du doch so gut weißt, welche Qual das ist«. Der Stoßseufzer eines jungen Mannes in der magischen Beziehung zwischen Mutter und Sohn.

»Ich habe nicht einen Brief seit vierzehn Tagen. Mama!« schreibt Antoine. Man spürt durchs Papier hindurch den Vorwurf, versteckt in dem nachgesetzten und anklagend gemeinten Schluß: »Mama!«

Und dann wieder: sanftes Streicheln. »Wenn Du nur wüßtest, wie köstlich ich Dich finde, die feinste aller Mamas, die ich kenne. Und Du verdienst es ... nicht, einen so garstigen Jungen zu haben, der den ganzen Tag brummt und wettert. Nicht wahr, Mama?«

Zwischen Ausrufezeichen und Fragezeichen pendelt der wunderbare und beneidenswerte Schriftwechsel des Dichters mit seinem »Schutzengel«, dem er nach einem Absturz in der libyschen Wüste aus Bengasi diese Zeilen schrieb: »Meine kleine Mama, ich habe geweint, als ich Deinen kleinen, so besonnenen Brief las, denn in der Wüste habe ich nach Dir gerufen.«

Dort war der Pilot erst drei Tage nach seinem Absturz aufgefunden worden. Wie er berichtet, habe er »mit der Selbstsucht einer kleinen Ziege« immer wieder an seine Mutter gedacht, umgeben von dem grenzenlosen Schweigen der Wüste.

Alle seine Gebete nach Hilfe, »allein in der Nacht«, wurden erhört. Diese Nähe des Todes, diese Lebensbedrohung traf ihn erstmals mit voller Wucht 1936 – und ließ ihn dann nie wieder los. Schon gar nicht im Krieg, als er sich 1940 – in Erwartung eines angekündigten Bombenangriffs – fragte, »warum denn alles, was man liebt, nun bedroht sein muß?«

Nachdem Krieg, Tod und Trennung den Dichter immer öfter bedrückten, wurden seine Empfindungen und Gefühle für seine Mutter nur noch stärker. »Ich hoffe sehr, daß Du mich in einigen Monaten vor Deinem Kaminfeuer in die Arme schließen kannst, meine kleine Mama, meine alte Mama, meine zärtliche Mama, ich hoffe, ich kann mit Dir alles bereden«, schrieb er ihr 1944, diesmal aus New York.

Als ich in einem schmalen Band diese Briefe gelesen hatte, die der Verlag zu Recht als »Botschaften eines großen Herzens« bezeichnet, fragte ich mich plötzlich, was eigentlich meine Mutter von mir für Post erhalten hatte, wieviel Zärtlichkeit in meine Zeilen an sie verwoben war.

Oder waren es gar nicht so viele Briefe, waren es nicht vielmehr meist Telefonate gewesen, dieses flüchtige Medium, das mich an Fast-Food erinnert, das schnell hochschießende Bedürfnisse nach Kommunikation befriedigt – »Schön, Deine Stimme zu hören«, »Mach's gut, ich melde mich noch mal« – aber bei dem nichts in die Tiefe geht, bei dem nichts bleibt, an dem man sich festhalten könnte.

Ganz anders dagegen: ein Brief. Und als wollte das Schicksal den das Herz bewegenden Briefwechsel des Dichters mit seiner »kleinen Mama« krönen, erhielt sie den letzten Brief aus Korsika, den er vor seinem tödlichen Absturz im Sommer 1944 geschrieben hatte, mit einjähriger Verspätung; kein Wunder in den Kriegswirren jener Zeit. Und darin stellte ihr Dichter-Sohn fast verzweifelt die Frage aller Fragen: »Wann wird es möglich sein, den Menschen, die man liebt, zu sagen, daß man sie liebt?«

Heute haben wir keinen Krieg, keine Wirren, keine gewaltsamen Trennungen. Heute können wir dem anderen sagen und schreiben, was wir denken und fühlen. Aber – tun wir es auch? Und wenn wir es nicht tun: Wer hindert uns eigentlich daran?

Von einem, der alte Freunde aussortierte

Es gibt Freundschaften, die lösen sich einfach auf. Von der dahinfliegenden Zeit und ihrer Geschäftigkeit zermürbt, sterben sie einen langsamen Tod.

Nichts Dramatisches geschieht, keine giftigen Wortwechsel, keine Beleidigungen, nicht einmal Drohungen.

Und dann gibt es das schnelle Ende einer Beziehung. Es ist wie das Knacken in der Leitung. Man erreicht den anderen nicht mehr. Und das Unheimliche: Eine Geste, ein böses Wort genügt, und jahrelange Bindungen brechen zusammen.

Ich denke immer noch an den Augenblick, da ich auf diese Weise sekundenschnell eine Freundschaft verlor.

Es war an jenem Abend, an dem einer meiner Freunde seinen fünfzigsten Geburtstag feierte, den er mit einem weiteren Sprung auf der Karriereleiter verbinden konnte, »ein Doppelschlag«, wie er im Glücksgefühl bei der Begrüßung sagte.

Dann geschah es. Kurz vor Mitternacht, auf der Terrasse seines Hauses, fiel der Satz, den ich seither nicht mehr vergessen konnte:

»Wißt ihr was, Freunde? Für mich beginnt ab heute die Aktion Jugend. Ich werde ein paar Alte unter meinen Bekannten aussortieren, schließlich kann man nicht alle Karten dauernd im Spiel halten. Anwesende sind natürlich ausgenommen.«

Uns war zumute, als hätte sich eine Wolke über uns gesenkt. Niemand wagte, den Gastgeber zu fragen, wie er sich das vorstellte: Menschen, »die älter sind als ich selbst«, so mir nichts dir nichts auszusortieren. Aber auf der Heimfahrt, zu der mich meine Frau alsbald drängte, sagte sie nur: »Dir ist hoffentlich klar, daß mit dem Aussortieren auch du gemeint bist.«

Dieser Abend liegt zehn Jahre zurück, und alles kam so, wie meine Frau es prophezeit hatte. Mein Name stand immer seltener auf seiner Gästeliste, es gab kaum noch Telefonate, keine Abende auf der herrlichen Terrasse, keine Postkarten aus seinen weltweiten Ferienzielen. Ich war abgemeldet, aussortiert.

Mein Schmerz über diesen Verlust hielt sich nur deshalb in Grenzen, weil ich die Härte, mit der er seinem Jugendwahn entgegensteuerte, schon an jenem Abend schmerzhaft empfunden hatte und darum später nicht mehr zu überraschen war.

Die Nachrichten, die mich aus dem neuen Leben meines alten Freundes erreichten, klangen zwiespältig.

Zwar gab es noch zwei Karrieresprünge, Zuwachs an Macht und weitere Ehrenämter, die seinen Namen in die Zeitungen brachten.

Aber es gab auch die Trennung von seiner Frau nach fünfundzwanzig Jahren, die Flucht seiner Kinder ins Ausland, Reisen und Feste mit neuen Freundinnen, die jünger waren als seine Töchter.

Er hatte wirklich wahr gemacht, was er an jenem Abend verkündet hatte: den Egotrip in das herrliche Land der Jugend, bei dem die alten Freunde störten.

*

Und dann kam, als hätte die Göttin der Rache eines Tages die Regie übernommen, sein Sturz. Ein Infarkt riß ihn für Monate aus dem Rennen um Glanz und Geld.

Nur noch ein Schatten seiner selbst, so traf ich ihn jetzt in der Stadt. »Schön, dich zu sehen. Schade, daß wir uns damals aus den Augen verloren haben. Ich weiß eigentlich bis heute nicht genau, wie das geschehen konnte.«

Auf meine Frage, wie er sich fühlt, kam ein verbissenes: »Einsam, verdammt einsam.«

Sollte ich ihm sagen, daß jemand, der andere aussortiert, ebenfalls eines Tages aussortiert wird?

Ich traute mich nicht, er tat mir leid. Ich murmelte nur etwas, das nach »Altwerden ist bitter« klang, und ging von dannen.

»Ich möchte auf keinen Fall
jünger sein«

Schauen wir uns um (und wir müssen dazu nicht in Fitneß-Studios gehen), horchen wir hinein in unsere Alltagsgespräche (und das muß nicht in einem Altenheim sein), so vernehmen wir seltsame, höchst überraschende Laute, und wir hören sie immer öfter. Will man sie in einer Formel zusammenfassen, dann heißt diese etwa: »Ich möchte auf keinen Fall jünger sein! Ich bin glücklich, so alt zu sein, wie ich bin.«

Das klingt nach Klage und Anklage, das spiegelt auf den ersten Blick ein unnatürliches Denken, da muß in unserer Gesellschaft etwas in die falsche Richtung gelaufen sein. Denn positiver und weitaus natürlicher wäre es, würde man hören, und dies besonders in unserer Zeit, die den Jugendkult so inbrünstig zelebriert: »Was gäb' ich nicht alles dafür hin, könnte ich noch einmal jung sein!«

Vordergründig besehen, ist unser Leben von einem Drang nach Jugend, Frische, Fitneß beherrscht. Dieser Drang scheint ungebrochen. Gibt es nicht überall ein Hetzen und Jagen nach all den Glücksverheißungen, die sich mit dem Jungsein verbinden?

Und wenn wir bei dieser Jagd auch oft außer Atem kommen, wir laufen alle mit, wir wollen zur Stelle sein, wenn die Göttin der Jugend und Schönheit sich neigt und ihre Gaben an die Sieger verteilt.

Auch die Alten sind mit auf der Piste. Sie trimmen sich in Gymnastikkursen, sie werfen sich Vitaminbomben in den Rachen, sie düsen um den Erdball — unvergeßlich für mich die knorrigen zähen Alten einer amerikanischen Reisegesellschaft, die auf dem Felsplateau der Festung Massada im Heiligen Land unter glühender Sonne den höllischen 40-Grad-Strapazen einer »Israel-Rundreise in drei Tagen« trotzten.

Und so erscheinen uns am Horizont des Lebens die rosaroten Bilder einer wunderbaren Illusion: auf ewig jung, auf keinen Fall aber schon alt zu sein. Wer sechzig wird, sagt sich tröstend, erst mit siebzig ist es soweit. Wenn er dann diesen Geburtstag gepackt hat, schielt er auf die achtzig. Wie schön, daß der Mensch mit seinem eingebauten Hilfsmotor namens Hoffnung so überlebensfähig durch die immer steileren und engeren Serpentinen des Lebens kutschiert.

Aber kein Licht ohne Schatten, kein Sonnenaufgang ohne die rotviolette Sonnenkugel im Abenddämmern! Und so erklingt eben auch die andere, etwas düstere Melodie: Gut, daß ich es bis hierher geschafft habe. Was ich erleben durfte, kann mir niemand nehmen. Und von der Zukunft ist nur eines gewiß: die Ungewißheit, besonders heute.

Ein Mann, etwa sechzig, nach seiner eigenen Bekundung im Schattenreich zwischen Noch-jung-Sein und Alter, antwortete in meiner kleinen privaten Umfrage, er sei zutiefst davon überzeugt, hier in Deutschland die schönste Zeit erlebt zu haben, die es auf diesem geschundenen Globus je gegeben hat.

Dieser Aufstieg aus den Trümmern des grausamsten Krieges hinein in den Wohlstand sei faszinierend gewesen, und das alles geschah in Frieden und Freiheit — »das klingt zwar pathetisch, stimmt aber trotzdem«.

Und da er am Himmel die Blitze erkennt und deuten kann, die von sozialen Spannungen, von einem schleichenden Verfall so vieler Werte künden, dankt er seinem Schöpfer für die »Gnade der frühen Geburt«. Denn wer weiß, was noch alles auf uns zukommt.

Sind nicht auch im Hotel, so fragte er mich, die nächsten Gäste etwas schlechter als die, die gerade ihre Koffer gepackt haben und weggefahren sind? »Wer viel reist, kennt doch diese leidige Erfahrung.« Und genauso sei es auch bei der großen Reise, die wir Leben nennen ....

»Im Grunde ist es doch traurig, daß ich froh bin, schon so alt zu sein, finden Sie nicht?« fragte er mich beim Abschied. Ich wußte keine ehrliche Antwort und schon gar nicht ein Wort des Trostes.

Ein Leben jenseits aller Worte

Wir denken sicher oft, wenn wir reden und reden und reden, daß wir damit etwas in dieser Welt bewegen können.

Und so reden wir, manchmal wie ein Wasserfall, drauflos, zu wem auch immer, wann auch immer. Wir hoffen, daß unsere Wörter wirken mögen wie Worte, die eine verändernde Kraft haben. Und dann kommt plötzlich einer und überrascht uns mit einem Geständnis, das wir nun überhaupt nicht erwartet haben: Es ist das Schweigen im richtigen Augenblick, an das er sich erinnert.

Ich machte diese Erfahrung bei einem Wiedersehen mit einem alten Freund, einem Treffen nach Monaten. Zuletzt waren wir am Rhein zusammen gewesen, bei einer Abschiedsfeier für einen Chef, den man in den »wohlverdienten« Ruhestand schickte.

Wir sprachen über das Jahr, das sich nun neigt: Was hat es uns versagt, was hat es uns geschenkt? Erstaunlicherweise nannte er dabei als eine besonders schöne Erinnerung sofort genau diesen einen Tag, der in meinem Gedächtnis nichts anderes war als eine gesellschaftliche Pflichtübung mit dem Anhörenmüssen endloser ermüdender Lobreden.

»Weißt du, was diesen Tag trotzdem für mich so unvergeßlich gemacht hat?« fragte mich mein

Freund. Und er gab selbst die Antwort: »Das war, als wir nach all dem Palaver und dem Geschwätz beim Buffet schweigend die Schönheit des sommerlichen Abends genossen haben. Bei guten Freunden kann man es sich eben auch mal erlauben, nicht dauernd reden zu müssen. Das hat mir ganz einfach gutgetan.«

Nun erinnerte ich mich, wie erschöpft, abgekämpft und müde er damals aussah, die typischen Manager-Probleme verfolgten ihn bis in den Schlaf, die Reise zu diesem Abschiedsempfang war für ihn auch eine Art Flucht: weg vom Schreibtisch, von den Konferenzen und dem Termindruck. Die Reise als eine »Psychodusche«, wie er selbst sagte – mal die Tapeten wechseln, raus aus dem zermürbenden Trott.

Und ich? Ich hatte an jenem prachtvollen Sommersonnenabend rein instinktiv das Gefühl, daß es falsch wäre, sich jetzt mit Ratschlägen anzudienen oder gar die Gründe seiner Melancholie erforschen zu wollen.

Also tat ich nichts anderes, als daß ich seinen unausgesprochenen Wunsch nach Ruhe respektierte. Wir saßen schweigend nebeneinander auf den Rheinterrassen, schauten den Leuten nach, machten höchstens die eine oder andere belanglose Bemerkung. Es war genau gesehen nichts, was ich tat – und es war in dieser abendlichen Stunde für ihn doch viel.

Inmitten einer Welt, in der es laut geworden ist und dröhnend, in der wir im Lärm-Müll zu ersticken drohen, in der sowohl im privaten Leben wie im Beruf irgend jemand immer auf uns einredet, um uns zu irgend etwas zu überreden, ist Lautlosigkeit plötzlich etwas ganz Wunderbares.

Wer schweigt, zeigt, daß er sich selbst nicht produzieren muß, daß er den anderen nicht beeinflussen oder gar beherrschen will. Jeder läßt seine Phantasie spielen – man hängt seinen Gedanken nach. Geschieht das Schweigen nicht aus Abneigung, kann es sogar mehr sein als das, was wir heute »Kommunikation« nennen. Es wird, weil so selten, zu einem kostbaren Signal der Zusammengehörigkeit.

Und wenn ich dann noch lese, daß selbst ein so wortgewaltiger Mann wie Goethe seiner Verehrerin Auguste zu Stolberg am 14. September 1775 in einem Brief das Bekenntnis ablegte: »Laß mein Schweigen dir sagen, was keine Worte sagen können«, – dann erkennen wir: Es gibt in der Liebe und in der Freundschaft, Gott sei Dank, sehr wohl ein Leben jenseits aller Worte.

Wenn ein Frühstück mit der Tochter zum Erlebnis wird ...

Es begann damit, daß meine Frau, während sie den Wecker um eine Stunde vorstellte, zu mir den Satz sagte, den ich noch heute im Ohr habe: »Übrigens, morgen früh kommt deine Tochter zum Frühstück.«

Nun muß man tief in die Psychologie einer langen Ehe einsteigen, um zu begreifen, was es bedeutet, wenn eine Frau nicht, wie sonst üblich, von »unserer« Tochter spricht, sondern die Zuspitzung »deine« Tochter wählt. Das geschah natürlich nicht zufällig. In wichtigen Augenblicken einer Ehe ist nichts zufällig.

Natürlich wußte ich auch sofort, was diese Vokabeln zu bedeuten hatten. Sie sollten signalisieren: Reiß dich zusammen, Alter! Räume deine Sachen auf, schaffe Ordnung, unsere Tochter soll keinen schlampigen Eindruck von uns haben.

Daß der nächste Morgen dann ein ganz anderer Morgen wurde als alle anderen Morgen der letzten Zeit, wem muß ich das erzählen? Meine Frau rotierte in der Küche, als ginge es nicht um ein Frühstück, sondern um einen Staatsempfang. Zuvor hatte sie im Wohnzimmer zugeschlagen, die Gardinen gerafft, die Möbel hin- und hergerückt, die Zeitungen weggeräumt, den Staubsauger noch einmal dröhnen lassen, mich dabei aus dem Zimmer vertrieben.

Als ich zwanzig Minuten später wieder im Wohnzimmer stand, erschrocken angesichts der nunmehr beinahe sterilen Atmosphäre, sagte ich nur: »Jetzt ist es hier so anheimelnd wie in der Möbelabteilung eines Kaufhauses.«

»Wir haben unsere Kinder zur Ordnung erzogen, ich möchte nicht, daß es bei uns jetzt plötzlich aussieht wie bei Hempels unterm Sofa«, fuhr meine Frau mir in die Parade, um gleichzeitig auch noch meine vorübergehende Schwäche auszunutzen und blitzschnell meinen uralten, abgeschubberten, aber immer noch heißgeliebten blauen Bademantel zu verstecken; sie tauschte das gute Stück gegen den bisher unbenutzten grünen flauschigen Mantel, den mir meine Tochter zu Weihnachten geschenkt hatte. »Was soll sie denken, wenn du den Mantel in elf Monaten nicht einmal getragen hast?«

Dann endlich war das furiose Aufräumen zu Ende – es klingelte. Sie war es! Sie kam! Meine Tochter betrat die Wohnung. Der Glanz der freudigen Erwartung in den Augen meiner Frau wich nun einem Blick, der nur eines ausdrückte: das ganz große Glücksgefühl, wenn das liebe Kind wieder einmal zu Hause reinschaut.

»Gemütlich habt ihr es«, sagte die Kleine, die ja langst die Große ist, und verteilte ihren Krempel auf alle Möbelstücke, so daß es in Sekundenschnelle wieder aussah wie bei Hempels unterm Sofa. »Hoffentlich habt ihr euch keine Umstände gemacht«, fügte sie noch hinzu, und ich log: »Überhaupt nicht.«

Als meine Tochter nach einem urgemütlichen Frühstück schließlich gegangen war, suchte ich verzweifelt – und vergeblich – nach meinem Blutdruckmesser, diesem kleinen Zauberding mit der Manschette am Handgelenk, das mir seelische Freuden (und Leiden) sofort signalisiert.

»Den hab ich versteckt, es ist nicht gut, wenn solche Dinge und Medikamente und Pillendosen herumliegen, Kinder wünschen sich doch jugendliche Eltern, nicht wahr?«

Diesmal erwartete meine Frau keine Antwort. Sie hatte ja recht. Wenn wir schon nicht gerne an den nagenden Zahn der Zeit erinnert werden wollen, wie sehr trifft das erst auf die Kinder zu.

»Ich glaube nicht an Gott, aber ob ich recht habe?«

Ich stehe vor dem Kölner Dom. Ich schaue auf die stolz in den Himmel ragenden Türme. Ich bewundere, daß diese Basilika seit über siebenhundert Jahren irdischen Stürmen von Feuersbrunst und Kriegen getrotzt hat. Ich denke, wie sich die Seele der Menschen für Minuten verändert, sobald sie ein Gotteshaus betreten. Kirchen haben immer noch diese verwandelnde Kraft.

»Selbst wenn der Kölner Bischof ein stummer Hund wäre, so würden die Steine des Doms noch reden«, hatte mir der Erzbischof von Köln, Kardinal Meisner, in einem Gespräch einmal gesagt. Ich habe diesen Satz nie vergessen.

Wann immer ich eine Kathedrale betrete, sprechen die Steine zu mir. Sie erinnern mich vor allem daran, wie armselig unsere Zeit geworden ist: arm-selig in des Wortes wahrer Bedeutung. Wie unfähig wir geworden sind, für ein steinernes Zeugnis des Glaubens Opfer zu bringen, so wie es die vorangegangenen Generationen getan haben. Allein die Erhaltung der Kirchen scheint uns schon zu erschöpfen, von Neubauten gar nicht zu reden.

Oder können wir uns vorstellen, daß beispielsweise heute noch ein Gotteshaus errichtet wird wie die Marienkirche in Lübeck, die Frauenkirche zu München, das Münster in Ulm oder eben der Dom zu Köln? Wir können es nicht. Wir tun uns ja schon bei den Kindergärten schwer.

Und dennoch: Wir alle tragen, wie Kardinal Meisner es in dem zitierten Gespräch formulierte, sehr wohl einen »Ewigkeitshunger« in uns. Und wir spüren, daß wir unablässig in eine Polarität gestellt sind zwischen Mensch und Gott, Erde und Himmel, Zeit und Ewigkeit. Und diese Spannung empfinden wir stärker als sonst, sobald wir eine Kirche aufsuchen. Sie mag ein gewaltiger Dom, sie mag eine Kapelle abseits der Attraktionen sein, die in den Reiseführern angepriesen werden.

Das Referat für Tourismus der Bayerischen Landeskirche hat in einer Umfrage herausgefunden, daß jeder zweite Tourist den Urlaub auch als Gelegenheit empfindet, einmal gründlich über Sinn und Gestaltung seines Lebens nachzudenken. Und wo könnte er das besser als in der Stille der Natur, wenn es diese Stille noch gibt, oder im Erlebnisraum einer Kirche, die immerhin jeder sechste mindestens einmal auf seiner Reise aufsucht.

Aber damit beginnen auch schon die Probleme. Denn es kommen nicht nur die Stillen, es kommen auch die Lauten und die Lärmenden: schreiende Kinder, eisschleckende Touristen, die Schamlosen in Shorts, die Fotografen, die hinter jeden Altar steigen und ihr Blitzlichtgewitter abfeuern.

Sie alle scheren sich einen Teufel darum, den Bitten der Plakate oder der Kirchendiener nachzukommen und die Gläubigen nicht zu stören, die sich eingefunden haben, um in Ruhe zu beten, zu büßen, zu beichten; für die die Kirche, die mehr der Besinnung als der Besichtigung dienen soll, eigentlich bestimmt ist.

Ist es nicht ein Jammer, daß die seit Jahren ansteigende Flut der alltäglichen Rücksichtslosigkeit nicht einmal mehr vor den Kirchenportalen haltmacht? Schon denkt man über Eintrittsgelder außerhalb der Gottesdienstzeiten nach, schon gibt es »Touristenseelsorger«, welche die Pilgerströme lenken, leiten und bändigen sollen.

*

Eine Anekdote erzählt von einem Mann, der zur Überraschung seiner Nachbarn plötzlich doch einmal im Kirchstuhl entdeckt wird, wie er kniet und betet. »Ich denke, du glaubst nicht an den lieben Gott?« spricht ihn ein Nachbar an. Die Antwort des Mannes verrät etwas von der Zwiespältigkeit unserer Generation, die gerne *alles* haben und zugleich auf Nummer Sicher gehen will: »Freilich glaub' ich nicht an Gott, aber weiß ich, ob ich recht habe?«

Wissen wir Männer, was die Frauen für uns opfern?

Wie ich diesen Satz liebe, den Männer – bedeutende, mächtige Männer – oft eher etwas verschämt sagen, sobald sie auf dem Scheitelpunkt ihrer Karriere mit einer Feierstunde in das Licht des Abschieds getaucht werden, weil ihre Zeit abgelaufen ist.

Dann stehen sie da, von der Melancholie des »Aus und Vorbei« zumindest für Sekunden gestreift, und sagen diesen Satz: »Ich danke meiner Frau dafür, daß sie mir in all den Jahren den Rücken freigehalten hat.«

Vielleicht gibt es einen Blumenstrauß, in Zellophan verpackt, er muß ja den Heimweg überstehen, und dann war's das. Ein ganzes Frauenleben für diesen einen Satz.

Ich frage mich immer, wenn ich diesen Satz höre, der eine Stereotype geworden ist in fast allen Männer- und Manager-Reden bei einem solchen Anlaß: Was ist das für ein freigehaltener Rücken gewesen?

War es ein Rücken, der sich unter der Last des Geldraffens krümmte? Wobei die Frau meist mit ihrem Wunsch, wenigstens hin und wieder etwas mehr von ihrem Mann zu haben, links liegen blieb. Oder war es ein Rücken, der sich niemals beugte, mochte es in der Firma drunter und drüber gehen? Wobei die Frau dann um ihre Menschenkenntnis gebeten wurde: Kann ich dem Kollegen trauen? Oder sprechen wir von einem Rücken, auf den die Peitschenhiebe der Intrigen niederprasselten? Dann mußte die Frau in vielen schlaflosen Nächten die Trösterin seiner verwundeten Seele und verletzten Eitelkeit sein.

Und doch: Nur der Mann selbst weiß, wie krumm er sich legen mußte, um schließlich dahin zu kommen, wo er nun steht, ehe es wieder abwärts geht: ganz oben.

Und nur er alleine fühlt die Schmerzen im Rücken nach all den Strapazen: die Kletterpartie in der Hierarchie der Firma; die ständige Absturzgefahr; das Wegboxen der Kontrahenten.

Die Welt war nicht nur morgens in Ordnung, wenn sich der Herr des Hauses mit einem flüchtigen Kuß zur Arbeit verabschiedete, sondern auch abends, wenn er »total fertig« nach Hause kam. Denn hinten wurde sein Rücken von der Frau freigehalten, damit er vorne freies Schußfeld für seine Karriere hatte.

Freier Rücken, das heißt: der gesamte Haushalt, viel Kleinkram, Nachhilfestunden, Ärger mit dem Lehrer, die Tochter in der Pubertät, die Fünf in Mathe und Latein bei dem Sohn, der als Elfjähriger schon weiß, daß er nur eines auf keinen Fall werden will: ein Chef wie sein Vater.

Freier Rücken für den Mann, das heißt für die Frau auch: Bier bereitstellen für die Fußballabende; aus dem Zimmer gehen, sobald der Göttergatte sich durch die Programme zappt; nicht nachfragen, wenn eine fremde Frauenstimme am Telefon »Entschuldigung, verwählt« säuselt, frei von Eifersucht sein. Und den aufmüpfigen, kaum zu bändigenden Kindern niemals damit drohen, daß es abends Senge setzt, wenn der Vater heimkommt. Und den ständigen Kampf gegen ein Ungeheuer zu führen und zu gewinnen, das Gewohnheit heißt und alles zu verschlingen droht, was am Beginn der Ehe da war und mit Liebe nur unzulänglich umschrieben wurde.

Wissen wir Männer eigentlich, was die Frauen opfern, auf was sie verzichten, was sie an Entbehrungen angesichts der strahlenden Karriere des Herrn Gemahl auf sich nehmen? Wir sollten ihnen mit mehr danken als mit diesem einen Satz.

Vielleicht ist es ja überhaupt so, daß wir Männer irrtümlich glauben, der Bogen zu sein, in Wahrheit aber sind wir der Pfeil – der nur ins Schwarze trifft, weil hinter unserem Rücken alles stimmte.

»So etepetete darfst du heute nicht mehr sein«

Der Abend verlief wunderbar, die Stimmung war bestens, die Gesellschaft amüsierte sich. Bis jener Augenblick kam, da eine Dame die Gelegenheit beim Schopf ergriff und mit dem Ausruf: »Ach, hier haben wir ja einen leibhaftigen Doktor unter uns!« einen ebenfalls eingeladenen jungen Arzt um eine Schnell-diagnose bat. Sie schilderte kurz all die Symptome, die sie seit Tagen quälten.

Die Bitte um eine versteckte Konsultation zwi-schen Hummersuppe und Lammrücken wurde so pe-netrant vorgetragen, daß ich mich nicht gewundert hätte, wenn der Arzt ihr mit der Aufforderung in die Parade gefahren wäre: »Nun, dann wollen wir uns mal gleich freimachen, gnädige Frau.«

Nur das Taktgefühl, das er besaß und das die Da-me vermissen ließ, hinderte ihn daran, unhöflich zu werden, obwohl dies ja dann nur das Echo einer an-deren Unhöflichkeit gewesen wäre: Gäste in die Pflicht zu nehmen, was neben Ärzten vor allem auch Rechtsanwälten und Künstlern immer wieder droht.

*

Von Chopin wurde berichtet, daß er öfter bei Einla-dungen gebeten wurde, Klavier zu spielen – wer könnte schließlich eine abendliche Gesellschaft so verzaubern wie Chopin? Einmal, als es wieder soweit war, ging der Maestro dann doch – allerdings höchst widerwillig – zum Flügel und spielte, aber nur zwanzig Takte.

»Nicht mehr?« fragte die Dame des Hauses, total enttäuscht, worauf der Meister ebenso knapp wie kühl entgegnete: »Madame, ich habe auch nicht viel gegessen.« Womit sein Besuch schon beendet war.

Im Fall eines anderen Musikers, eines Geigenvirtuosen, war die Unverschämtheit noch größer. Sie war nicht das Ergebnis einer spontanen Eingebung, sondern von vornherein geplant. »Bitte, bringen Sie doch Ihre Geige mit«, stand auf der Einladung zum Nachmittagstee. Doch der Musiker erschien ohne sein Instrument, was die Gastgeberin zu der schnippischen Frage veranlaßte, warum er ihrem Wunsch nicht entsprochen habe. Seine Antwort: »Gnädigste mögen entschuldigen, aber meine Geige verträgt keinen Tee.«

Nun sind Takt und Taktgefühl nicht einklagbar. Sie waren es nie, wie diese Anekdoten aus vergangenen Zeiten belegen. Und sie sind es heute schon gar nicht, da wir alle glauben, auf einer Schnellstraße dem Lebensglück und der Selbstverwirklichung entgegenzufahren, mit Stoppschildern für alle anderen, die auch wie wir nach dem Glück unterwegs sind.

Die Definition, wonach Takt das absolute Gehör des Herzens sein soll, kann man nur noch in alten Schriften lesen, nicht in der heutigen Computerschrift.

Und die Feinfühligkeit, mit der ein Goethe reagierte, als er in einem öffentlichen Garten zusammen mit einem Freund beim Spaziergang auf ein Paar traf, das sich küßte, obwohl die beiden jeweils anderweitig verheiratet waren, wäre heute auch nicht denkbar. »Haben Sie das gesehen?« fragte der Begleiter ebenso überrascht wie schockiert das Dichtergenie. Goethe nickte und antwortete nur lächelnd: »Ja, ich habe es gesehen, aber ich glaube es nicht.«

*

Als ich ein paar Tage später die Dame, die von dem Arzt noch vor dem Dessert eine schnelle Gratisdiagnose haben wollte, mit ein paar Worten darauf hinwies, daß doch Ärzte für ihre Kunst ... aber soweit kam ich gar nicht!

Ich sei total altmodisch, sagte sie. Ein guter Arzt sei immer im Dienst, und in Fragen des Taktes würde ich einfach nicht mehr richtig ticken. »So etepetete darfst du heute nicht mehr sein, dann hast du es schwer im Leben.«

Das war neu für mich: Bisher dachte ich immer, daß es diejenigen schwerer haben, die genau dieses Taktgefühl vermissen lassen.

Wo ist eigentlich die schweigende Mehrheit geblieben?

Kommen Sie mit, wir wollen uns bei der »schweigenden Mehrheit« in unserem Lande umschauen, von der wir so lange nichts gehört haben.

Kein Wunder, handelt es sich doch um all jene Menschen, die jeden Tag, den Gott werden läßt, treu ihre Pflicht tun, die ehrlich ihre Steuern zahlen, die nicht aufmucken, höchstens mal granteln, wenn es weitere Hiebe gibt in Form von neuen Abgaben und Vorschriften.

All diese Menschen, diese Treuen und Braven, fallen eigentlich nur dadurch auf, daß sie nicht auffallen, so daß man sich schon mal besorgt fragt: Wo ist die »schweigende Mehrheit« eigentlich geblieben?

Wir wissen, wer dazugehört. Es sind jene, ohne die dieses Land nicht funktionieren würde: die Polizisten und Piloten, die Krankenschwestern und Ärzte, die Lehrer, die Verkäuferinnen, die Müllmänner, die Briefträger, kurzum, die Millionen Namenlosen.

Für sie alle gilt der kategorische Imperativ der schweigenden Mehrheit: Klappe halten! Was immer auch geschieht, welche Paragraphen uns zuschnüren, welche Irrwege die Politik oft nimmt, welcher Amtsschimmel so wiehert – sei still und tue deine Pflicht!

Die geschichtliche Erfahrung lehrt, daß die schweigende Mehrheit lange Zeit gutmütig den Mund hält.

Als König Ludwig XV. im Mai des Jahres 1774 in Versailles zu Grabe getragen wurde, ein an zerrütteten Staatsfinanzen und Mätressenwirtschaft gescheiterter Monarch, fiel bei der Leichenrede ein Satz, der Jahrhunderte überdauerte, weil sich darin das Phänomen so treffend widerspiegelt: »Das Schweigen des Volkes ist eine Lehr' für die Könige ...« Ein Jahrzehnt später erschütterte die Französische Revolution den Kontinent.

Das Schweigen der Mehrheit ist auch heute eine Mahnung für alle, die Macht ausüben, denken wir nur ein paar Jahre zurück, als die Menschen in Ostdeutschland mit dem Ruf »Wir sind das Volk« ihr Schweigen brachen.

*

Wenn wir uns heute auf die Suche nach der »schweigenden Mehrheit« begeben, so tun wir uns schwer. Sie meldet sich kaum zu Wort: Sie hat zu tun. Sie hat das Reden all jenen überlassen, die – oft auch noch voller Anmaßung in ihrem Namen – von Talkshow zu Talkshow ziehen und zu allen aktuellen Themen das Passende oder Unpassende sagen.

Seltsamerweise genießen die sogenannten Querdenker das höchste Renommee, weil sie angeblich die Dinge »vorantreiben« – wohin, das unterliegt, anders als beim Rindfleisch, keiner Qualitätskontrolle.

Ja, die schweigende Mehrheit, die nicht quer denkt, sondern geradeaus, hat sogar dort das Feld geräumt, wo sie die höchste Kompetenz hat: bei den so verachteten »Sekundärtugenden« wie Fleiß, Treue, Pflichterfüllung, Nächstenliebe. Dort tummeln sich jetzt die selbsternannten Tugendwächter, die beispielsweise unter ihrem Namen Bücher auf den Markt werfen, in denen fremde Weisheiten gebündelt sind, von Seneca bis Kant. Ein Etikettenschwindel, der niemand aufregt, weil die »schweigende Mehrheit« tut, was sie immer tut: Sie schweigt.

Schon gibt es Zyniker, die fragen, ob es der schweigenden Mehrheit nicht viel besser gehen würde, wenn sie eine Minderheit wäre, weil ja laut artikulierende Minderheiten hierzulande gerne oft so behandelt werden, wie es eigentlich die Mehrheit verdient hätte.

Verwundungen auf der Karriereleiter

Meine Frage an den jungen Manager, telefonisch gestellt, entsprang der Sorge, ob er mit seinem neuen Chef gut auskomme, der ihm da vor ein paar Wochen vor die Nase gesetzt worden war, zumal er nach den Insignien der Macht und der Herrlichkeit – nämlich Gehalt, Größe des Dienstwagens und Vier-Fenster-Zimmer – selbst zu Höherem auserkoren zu sein schien.

Jedenfalls hatte der Vorgänger des neuen Chefs meinen jungen Freund, sobald ihn in den vergangenen Jahren einmal wieder Abwanderungsgelüste überkamen, mit der Bemerkung vertröstet: »Warum wollen Sie sich denn verändern? Glauben Sie wirklich ernsthaft, daß es woanders besser ist? Hier bei uns haben Sie doch den berühmten Stab im Tornister.«

Diese Geschichte mit dem »Marschallstab« im Tornister, die allerdings kannte der junge Mann schon von seinem Vater, der sich auch durch alle Ebenen nach oben gearbeitet hatte.

Und der dann doch, als es darum ging, nach vielen harten und entbehrungsreichen Jahren in das Direktorium einzuziehen, plötzlich wie eine Schachfigur aus dem Spiel genommen worden war, ohne daß er je den Grund erfahren hätte.

Seither ist mein junger Freund mißtrauisch und ängstlich geworden, und er leidet zugleich darunter. Denn auf meine freundschaftlich gemeinte Frage wand er sich hin und her, druckste mit der Antwort, flüsterte dann nur, es sei schon alles in Ordnung, ja, die Zusammenarbeit mit »dem Neuen« funktioniere »den Umständen entsprechend« ganz gut.

Aber dann hielt er plötzlich doch inne! Ich hörte nur noch seinen Atem. Und nun brach ein zweiter Satz aus ihm heraus, wie ein Befreiungsschlag klang es: »Verflucht nochmal, daß ich mich hier wieder so verdammt diplomatisch ausdrücke, wo Sie doch weiß Gott mehr Ehrlichkeit verdient hätten.«

*

Es war also ganz deutlich: Der junge Mann war unglücklich, er wollte es mir eigentlich auch sagen, aber der Mut fehlte, und nun servierte er mir die Floskeln der Verlegenheit − und schämte sich für diese Täuschung.

Da ich über Jahrzehnte hinweg all die Verwundungen gesehen habe, die sich Menschen bei den Sprüngen auf der Karriereleiter wechselseitig zufügen, sagte ich jetzt nur, er müsse nicht weitersprechen, ich verstünde seine Andeutung. Und telefonisch müsse er sich schon überhaupt nicht über »die neue Situation« äußern.

Und dann gab es, ganz zum Schluß, noch einen Stoßseufzer. In ihm war alles Unglücklichsein darüber verborgen, daß er nicht so frei und ehrlich geredet hatte, wie er es mir gegenüber früher immer getan hatte: »Erhalten Sie mir bitte Ihre Freundschaft.«

Da mir dieser junge Mann plötzlich sehr leid tat, rief ich anschließend seine Frau an, berichtete ihr von dem Telefonat mit ihrem Mann, von seiner Hilflosigkeit, die für ihn äußerst schwierige Situation schönzureden, und bot meine Hilfe an.

»Ich versuche meinen Mann täglich mit dem Hinweis zu trösten, daß er in der Firma nun wenigstens nicht die ganze Verantwortung zu tragen hat, vielleicht rettet ihm das ein paar Jahre seines Lebens. Aber er will das partout nicht hören«, sagte die Frau. Er fühle sich übergangen, gedemütigt, ihm sei zumute wie im Theater, in dem unerwartet schnell der Vorhang gefallen ist: Das Stück müßte eigentlich, so schön wie es war, noch weitergehen.

Aber noch heute abend werde sie mit ihrem Mann reden. Natürlich dürfe es nicht soweit kommen, daß er mit diplomatischem Geschwätz sogar seine Freunde über die wahren Probleme hinwegzutäuschen versuche. Und ich bin sicher: Es wird ihr gelingen.

»Nicht befördert zu werden und dann auch noch den Rücken krumm zu machen und die Freunde zu verprellen, die es nur gut meinen, das ist doch wirklich zuviel des Guten, nicht wahr?« sagte sie zum Schluß – und hatte recht.

Angst vor dem Meer – ein lähmendes Vorurteil

Selbst wenn es um die schönsten Wochen des Jahres geht, um Luxus und Reisen, gibt es Vorurteile, an denen unsere Seele nicht vorbeikommt. Wir schleppen sie mit uns herum, sie lähmen uns zuweilen. Bei mir war es Angst vor dem Meer. Auch die bunten Prospekte für Kreuzfahrten, die mir kristallklares Wasser rund um Hawaii oder Bali zeigten, konnten mich nicht umstimmen.

Denn, so frage ich mich sofort: Was passiert eigentlich mit dem Schiff und mit mir, wenn sich Wellen plötzlich haushoch erheben und in einem Orkan die Urgewalten tanzen lassen?

Zu dieser Angst vor dem Meer, die wie die meisten Ängste ihre Urgründe in der Kindheit hat – ich wurde vom Blanken Hans in Norderney einmal fast von der Böschung in die Tiefe gerissen –, gesellte sich eine zweite Angst, geprägt durch die Erfahrungen in Massenlagern während einer eineinhalbjährigen amerikanischen Kriegsgefangenschaft: die Allergie gegen Menschenansammlungen.

Mit anderen Worten: Diese beiden Defekte verhinderten, daß ich mich je zu einer Schiffsreise aufraffte, wo es beides ja nun zur Genüge gibt – viele Menschen und noch mehr Wasser.

Mein jahrzehntelanger Widerstand brach erst zusammen, als mich Freunde überredeten, es doch wenigstens einmal im Leben zu versuchen: unter besten Bedingungen, also im Spätsommer in leichter See, dazu auf dem »Traumschiff« mit dem stolzen Namen Berlin, das schon so sicher durch die gleichnamige quotenträchtige Fernsehserie geschippert ist. Und auf der Kommandobrücke stehe ja auch nicht Sascha Hehn – »da mußt du doch wirklich keine Angst haben!«

Nun ist die Seele des Mannes so beschaffen, daß ein Appell an den Mut noch immer funktioniert. Ich überwand also meinen »inneren Schweinehund« und fuhr los: über Gotland, Danzig, Tallinn bis nach St. Petersburg.

Spätestens dort, geblendet von der unwirklichen Schönheit der fast 300 Jahre alten Stadt, hatten sich alle Vorbehalte in Luft aufgelöst. Auch ich war der Faszination erlegen, tagsüber bei Landausflügen in fremde Kulturen einzutauchen, um abends in mein »schwimmendes Hotel« zurückzukehren.

Und die vielen Menschen an Bord? Auf irgendeinem Deck gab es immer ein stilles Plätzchen, wo ich ungestört meinen Gedanken über die lähmende Kraft der Vorurteile nachhängen konnte.

Was wäre mir alles entgangen, wäre ich ihnen wirklich sklavisch gefolgt? All die wunderbaren Augenblicke, wenn das weiße Schiff in die Häfen hineinglitt – jedes Landemanöver übte auf mich die größte Faszination aus, weil es dabei, wie im Leben, darum geht, anzukommen, festzumachen, einen Ruhepunkt zu finden in der Erscheinungen Flucht. Und deren Bilder gab es viele: Klöster, Schlösser, den Glanz der Jahrhunderte dicht neben dem Elend der Gegenwart.

Und dazu die Begegnungen! Unvergessen für mich die Reiseführerin, die uns durch die Sommerresidenz des Zaren führte und die ganz nebenbei – und erst auf meine Frage – von der Armseligkeit ihres Lebens erzählte: Dreizimmerwohnung, 50 Quadratmeter für vier Personen, keine Waschmaschine, kein Keller, das Fahrrad im Flur, drei Stockwerke hoch, im letzten Winter stand es auf dem Balkon, da war es durchgerostet.

Plötzlich spürte ich fast schmerzhaft den Kontrast zwischen der Verwöhnung, die mir an Bord zuteil wurde, ein Stück »Heimat in der Fremde«, und dem Leben in den Städten des Ostens, die trotz glitzernder Fassaden nichts verbergen können von dem bitteren Existenzkampf, der sich hinter ihren Mauern abspielt.

Spätestens dann stellt sich das schönste Gefühl ein, das eine solche Reise dir geben kann: ein Gefühl der Dankbarkeit dafür, unter deutscher Flagge fahren zu dürfen.

Wir leben längst auf Gegenkurs

Ein Priester zeigte einem Mann, der mit seiner negativen Sicht des Weltgeschehens gerne prahlte, eine Votivtafel, auf der Namen der geretteten Fischer verzeichnet waren, die in den letzten Jahren dem tobenden Meer entrissen werden konnten. »Nun wirst du an der Existenz Gottes nicht mehr zweifeln können«, sagte, stolzgeschwellt, der Priester und deutete auf die Tafel. »Gut«, antwortete der Mann kühl, »was ich sehe, ist die Liste der Geretteten. Aber wo ist, bitte, die Liste der Ertrunkenen?«

*

Wir leben in einer Zeit und inmitten einer Gesellschaft, die ständig nach den Ertrunkenen fragt. »Bad news are good news«, diese zynische Formel kennen wir. Was wir immer noch nicht kennen, trotz der Heerscharen von Psychologen, die in unsere seelischen Kellergewölbe einsteigen und dort herumstochern, sind die Auswirkungen: Welchen Preis bezahlen wir für diese Addition von Negativ-Meldungen?

Was wir sicher wissen, ist indessen dies: Wir leben längst auf Gegenkurs. Wir schwimmen nicht mit dem Strom, sondern wir kämpfen rund um die Uhr gegen die Wellen, die da heranbranden. Wir sind die

Kinder der »Nein-Generation«, die sich – meist durch andere Menschen – überfordert fühlt. Schon beim Telefon geht es los. Es geschieht immer seltener, daß du jemanden direkt erreichen kannst. Wer nimmt sofort den Hörer ab und sagt: »Ich freue mich über Ihren Anruf.« Nein, wir haben den stummen Diener installiert, der die Nachricht »nach dem Piepton« entgegennimmt – und ob es je eine Antwort geben wird, entscheidet sich später.

Wir sind auf Gegenkurs, weil wir um die Gefahren von Gewalt und Kriminalität wissen. Wir schützen uns durch Alarmanlagen, die schrill losbrüllen, sobald es zu einem Kontakt kommt, entweder als Fehlalarm, was in dieser lärmerfüllten Zeit selten etwas bewirkt, oder als richtiger Alarm, der auch meist zu spät kommt – die Zahl der unaufgeklärten Einbrüche spricht Bände.

Wir gehen abends am Rande des Stadtparks, wer wagt sich noch hinein, wenn es dunkelt? Und wenn Gestalten auftauchen, die wir nicht einordnen können, wechseln wir schon mal ganz unauffällig und leider doch unübersehbar auf die andere Straßenseite, aus Angst vor dem Unvorhersehbaren.

In uns wächst, wie ein Geschwür, ein lauerndes Mißtrauen, das uns von den Menschen entfernt. Will der Mann, der mich an der Bushaltestelle um Feuer bittet, wirklich nur Feuer für seine Zigarette, oder will er mehr: mein goldenes Feuerzeug, meine Brieftasche, vielleicht sogar mein Leben, sollte ich Widerstand leisten?

Dieses Leben auf Gegenkurs wird, je länger es dauert, immer armseliger. Leider kommt von der Bühne der Öffentlichkeit, auf der die Politiker agieren, auch keine frohe Botschaft. Was immer jemand sagt oder vorschlägt, sofort setzt es ein Contra. Zustimmung wird höchstens einmal »signalisiert«, ob sie dann wirklich kommt, steht in den Sternen.

Aber irgendwie ist es bei der Fahrt durchs Leben wie bei einer richtigen Eisenbahnfahrt, bei der uns die meisten Mitreisenden im Abteil ja auch recht unwirsch anschauen, wenn wir die Tür öffnen und fragen: »Ist hier noch ein Platz frei?«

*

Wie schön könnten eine Welt sein, in der diejenigen, die gerne einmal *Ja* sagen, auch gehört werden, ohne als Phantasten belächelt zu werden. Schauen wir auf die Votivtafeln! Fragen wir nicht nur nach den Ertrunkenen. Sehen wir, was wir trotz aller Gefährdungen gerettet haben: unsere Liebe zum Leben. Ist das nichts? Ist das denn gar nichts?

Wenn Lesen Silber und Reden Gold ist

Wir machen das ganz locker, sagte mein Freund, der nach über vierzig Jahren in den Ruhestand wechselt. Bloß kein Brimborium. Ein paar fröhliche Stunden unter Freunden, mehr nicht. Und dann ab in das neue Leben, in die totale Freiheit. Er schnippte einmal mit den Fingern, als ob er das Glück herbeiwinken wollte. Ja, ich müßte unbedingt kommen, »und bring gute Laune mit«.

Ein paar Tage später: Ich betrete den blumengeschmückten Saal, in dem die Abschiedsfeier über die Bühne gehen soll. Und ich spüre sofort: Jetzt bist du gefangen. Hier gibt es kein Entkommen. Ich schaue auf einen Zettel und lese ein Wort, das wie eine Drohung klingt: »Programmfolge.«

Acht Redner werden angekündigt. Acht! Blitzschnell werfe ich im Kopf meine kleine Rechenmaschine an. Wenn nur jeder zehn Minuten spricht – und wer begnügt sich damit schon –, dann sind das fast eineinhalb Stunden.

Der Vorgänger des Chefs wird sprechen, dann der Nachfolger, dann der Mann aus dem Betrieb, »der für alle spricht, die heute nicht dabeisein können«. Auch seine Sekretärin wird angekündigt – »die mehr Stunden mit ihm tagtäglich verbrachte als seine eigene Frau«.

Sie alle werden gleich zum Podium eilen, das Mikrofon zurechtrücken, aus ihren Taschen Papiere hervornesteln, notfalls die Brille aufsetzen, ruheheischend in den Saal schauen und dann ablesen, was da geschrieben steht.

Seltsam, denke ich schon bei der ersten Laudatio, man spürt sofort, ob ein Mensch, der einmal das Mikrofon erobert hat, gewillt ist, es auch schnell wieder herzugeben. Das passiert aber eher selten. Für die meisten gilt eher der Vers von Wilhelm Busch: »Reden tut dem Menschen gut, wenn man es nämlich selber tut.«

Von den acht Reden, die die Wartezeit bis zur erlösenden Formel »Das Buffet ist eröffnet« zur Tortur werden ließen, war nur eine Rede eine richtige Rede: weil sie frei gehalten wurde.

Eine abgelesene Rede ist eigentlich gar keine Rede, sondern eine Schreibe, die in der Maske der Rede daherkommt. Denn ihr fehlt, was die freie Rede so auszeichnet: das Spontane.

Ist es nicht »menschlicher« und manchmal auch wirkungsvoller, sich mal zu verhaspeln, mal ins Stocken zu geraten, vielleicht auch mal ins Fettnäpfchen zu treten, als einen gelackten Text abzulesen? Zumal man nicht einmal weiß, wer ihn verfaßt hat: der Redner selbst oder gar ein professioneller Redenschreiber, von denen es in Deutschland schon über fünfzigtausend geben soll.

Zwar wissen wir, daß eine Rede wie ein Pfeil ist – »einmal abgeschossen, kann ihn niemand zurückbringen« –, doch macht dies nicht eben den Prickel aus: für den Redner und den Zuhörer gleichermaßen? Und was die Gefahr betrifft, aus Versehen ein unbedachtes Wort in die Welt zu setzen, empfiehlt Kurt Tucholsky: »Wat jestrichen is, kann nicht durchfall'n.«

Doch die Freunde meines Freundes hielten nichts von der Würze der Kürze, und so quälte sich die gutgemeinte Abschiedsfeier mühsam dahin. Und dauernd dachte ich: Wann ist endlich Schluß, wann können wir zum gemütlichen Teil übergehen?

*

Während ich die vielen vorgestanzten Reden über mich ergehen lassen mußte, erinnerte ich mich an die schönste Anekdote zu diesem Thema, die von Charles de Gaulle berichtet, der 1967 in Warschau auf dem Flughafen von seinem polnischen Amtskollegen begrüßt wird: mit einer abgelesenen Rede.

Darauf antwortet General de Gaulle, dieser begnadete Meister der Rede, völlig frei sprechend – also ohne Manuskript. Worauf ein Parteifunktionär sich zu seinem Nachbarn beugt und spottet: »Schau, ein General – und kann nicht lesen.«

Den Schattenrissen gilt die Verehrung unserer Epoche

Wir sind Augenmenschen. Wir leben im Zeitalter der optischen Inflation. Wir sehen Bilder, die keine Generation vor uns sah. Vom Mond, vom Mars. Wir haben Teleobjektive, die aus Hunderten Kilometer Höhe ein Straßenschild fotografieren können. Wir schießen Bilder durchs Universum. Wir werden mit Signalen überflutet. Und diese Sturmflut der Bilder nimmt kein Ende.

Aber können wir auch sehen? Schauen wir wirklich genau hin? Da kommt ein Kollege durch die Tür, der seit einigen Wochen fehlte. War er im Urlaub? War er krank? Man weiß es nicht so genau. Nun steht er da, leicht gebräunt – also war er im Urlaub.

Damit ist die Sache erledigt. Die ganze Einschätzung dauerte den Bruchteil einer Sekunde. Leichte Tönung gleich Urlaub. »Da kannst du ja wieder richtig ranklotzen«, sagst du, um irgend etwas zu sagen.

Der Kollege geht schweigend aus dem Zimmer. Macht den Spaß nicht mit. Läßt dich im Ungewissen zurück. Später hörst du, daß er gekommen war, um sich zu verabschieden. Weil er mehrere Monate in ein Sanatorium muß.

»Er sah doch so erholt aus«, sagst du nun. Und die Mitarbeiterin, die dich mit der Nachricht über die

Krankheit des Kollegen konfrontierte, fragt dich:
»Hast du ihn dir wirklich genau angesehen?« »Ich
glaube schon«, sagst du, und sie antwortet nur kühl:
»Ich glaube nicht.«

Der Mann war also nicht wiedergekommen, um
»ranzuklotzen«, sondern um für unbestimmte Zeit
Adieu zu sagen. Und er hat sicher keines deiner Worte verstanden.

Der französische Schöngeist Jean Cocteau schrieb
schon vor über vierzig Jahren, daß unsere Epoche –
entgegen der allgemeinen Ansicht – keine Epoche
des wirklichen Sehens ist. Sie verhält sich zu eilig, zu
zerstreut, zu störrisch gegen das Einzelwesen. »Sie
verweilt nicht bei einem Gesicht. Der Ausdruck rührt
sie nicht. Die Liebe langweilt sie. Ihre Verehrung gilt
nur Schattenrissen.«

An diesem trostlosen Befund hat sich nichts geändert. Es ist eher noch schlimmer geworden, seit die
Zahl der Bilder, die uns brutal bedrängen und auch
überfordern, sich gigantisch vermehrt hat: Wir sind
das Fernsehen gewöhnt, nicht nur beim Blick auf die
Mattscheibe, die zu recht so heißt, und haben dabei
das Nahsehen verlernt.

Denn Nahsehen bedeutet Hinsehen, und das
heißt: im Antlitz eines Menschen, der Fröhlichkeit
vielleicht nur mimt, die Spuren zu entdecken, die
von seinem wahren Befinden künden, und sich damit ernsthaft auseinanderzusetzen.

Nein, wir »verweilen« nicht mehr in einem Gesicht, sondern tasten es blitzschnell ab, wie Scanner

im Supermarkt die verschlüsselten Preisangaben. Und für das, was wir an Orientierung brauchen, genügt diese Blitzinformation, reicht uns der Schattenriß vollkommen.

Aber natürlich bezahlen wir dafür einen Preis: Die Kühle, die durch alle Ritzen in unsere Gesellschaft eingezogen ist, hat auch mit diesem nicht genauen Hinsehen, mit diesem Wegsehen zu tun.

Das Nahsehen blieb auf der Strecke, ausgenommen vielleicht in dem wunderbaren Zustand, den wir Liebe nennen; oder wenn wir Gefahren wittern, die uns zwingen, besonders scharfsichtig zu sein.

Im übrigen beschwert uns alles, was uns zu dicht auf die Pelle rückt. Nächstenliebe ist immer schwieriger zu bewerkstelligen als Fernliebe. Ein Scheck für hungernde Kinder in Afrika ist leichter auszustellen, als ein krankes Nachbarkind zu pflegen.

Und wissen wir wirklich, wen wir im Laufe des Tages alles unbewußt verletzen, weil wir verlernt haben, genau hinzuschauen?

Der Kollege, den wir anmotzen, er könne ja nun richtig »ranklotzen«, ist nur ein kleines Beispiel für diese weitgehend abhanden gekommene Fähigkeit.

Wann überschreiten wir die Grenze zum Alter?

Irgendwann gehen wir über die Grenze. Wir wissen nicht, wann es geschieht. Vielleicht betreten wir auch zuerst ein Niemandsland, in dem wir noch ein bißchen hin und her schwanken in dem trügerischen Gefühl, »eigentlich noch ganz jung zu sein«.

Aber irgendwann werden wir dann doch unerbittlich über diese Grenze in das weite unbekannte Land gestoßen, das Alter heißt. Es kann eine schwere Grippe sein, eine unerwartete Kündigung in der Firma, ein Todesfall, irgendein Schicksalsschlag.

Und wenn wir diese Hürde überwunden haben und uns wieder einfädeln in den Strom des Lebens, kommt plötzlich der Augenblick, in dem wir erkennen müssen: Auf die Überholspur kommen wir nun nicht mehr rüber.

Wann er sich denn entschieden habe, alt zu sein, wurde kurz vor seinem Tod Marcello Mastroianni gefragt, der sich als weltbekannter Schauspieler und Frauenheld sehr schwer mit dem Gefühl tat, von dieser Lebensbühne eines Tages einfach so verschwinden zu müssen. »Jede Verlängerung des Lebens würde mich trösten«, bekannte er, schon über siebzig, als er also zumindest im Niemandsland angelangt war.

Ob man alt sei, entscheide man nicht. Das komme

von außen, vom Himmel, von irgendwoher – sei dann aber mit aller Macht da, und irgend etwas habe sich von diesem Moment an verändert.

»Als ob ein Rädchen im Getriebe nicht mehr richtig funktioniert«, sagte der Schauspieler. »Vielleicht ist es nur eine Falte am Mund, eine Falte auf der Stirn.«

Verständlich, daß einer aus der Gilde der Schauspieler, die sich manchmal selbstironisch auch gerne »Gesichtsverleiher« nennen, zuerst an die äußere Wirkung denkt.

Aber dann, welch ein Trost, kriegt Marcello (ein wohlklingender, verführerischer Name!) doch noch die Kurve zu seiner schönsten Rolle als Frauenbetörer: »Vielleicht ist plötzlich auch der Blick anders, mit dem man jetzt den Frauen folgt: milder, weniger aggressiv.« Ja, er sei nun in einem Alter, »in dem die Frauen dich in den Schlaf wiegen wollen, und tatsächlich schläfst du auch glücklich ein«.

Und wo ist der Punkt, an dem er die Grenze zum Alter überschritt, raus aus dem Niemandsland, wo man sich noch etwas in die Tasche mogelt von wegen »ewige Jugend«? Vielleicht war es wirklich der Moment, an den er sich genau erinnert, als seine Tochter ihn an die Hand nahm, weil der Vater eine stark befahrene Straße überqueren mußte.

Wenn eine Entwicklung innerlich vorbereitet ist – und das Älterwerden macht keine Ausnahme –, dann nimmt sie eines Tages unweigerlich ihren Lauf: unter Umständen dramatisch mit den schon erwähnten

Schicksalsschlägen. Doch manchmal kommt sie auch maskiert daher, in kleinen Schritten, in absichtslosen Gesten, die hilfreiche Hand der Tochter oder auch die eines Fremden am Straßenrand kann es sein.

*

Als mich gestern jemand sieben Jahre jünger schätzte und ich sofort drei Jahre davon abrechnete, weil ich seine freundlichen Worte ganz simpel für ein liebenswürdiges, aber übertriebenes Kompliment hielt, da blieben nach Adam Riese immer noch vier Jahre übrig, die ich nach seiner Meinung jünger ausschaue, als ich bin.

Und was soll ich sagen: Es gefiel mir! Es ist zwar idiotisch, aber es gefiel mir. Warum will man eigentlich nicht zu seinem Alter stehen, warum ergibt man sich dem grassierenden »Jugendwahn«?

Die ausgleichende Gerechtigkeit, die in unser Leben auf wunderbare Weise eingebaut ist, schenkt den Alten angeblich, was es nur jenseits des Niemandslandes gibt: die Weisheit des Alters.

Ich wünsche mir, daß mich diese Weisheit rechtzeitig erreicht: damit ich mit ihr mein Alter besser meistern kann. Ich fürchte nämlich nach allem, was ich darüber gelesen habe: Man hat diese Weisheit an dem Tag, da man über die Grenze geht, wirklich bitter nötig.

WENN SICH NEUE TÜREN ÖFFNEN

Bei Schnee kocht auch Paris nur mit Wasser

Irgendwie war der Ton anders. Ihre Worte klangen ein bißchen nach »Oh, là, là!«, als meine Frau mir vor ein paar Tagen einen Satz hinterherschickte, der noch im sterilen Münchner Flughafen in meinen Ohren hing: »Na, dann – viel Spaß in Paris.«

Merkwürdig. Wenn ich nach Bonn, Hamburg, Frankfurt oder Berlin flog, sagte sie so etwas nie. Auch bei Gütersloh kam sie nie auf den Gedanken, mir »viel Spaß« zu wünschen. Eine schöne Reise, einen guten Flug, das schon – doch »viel Spaß«, das war nur selten zu hören.

*

Aber Paris, das hat was. Immer noch und immer wieder. Da flaniert plötzlich die Phantasie. Montmartre, Saint-Germain des Prés, Champs-Elysées. Wer nach Paris nur zum Arbeiten fliegt, ist selber schuld. Ein bißchen »Oh, là, là!« – das Leben ist kurz – darf da schon sein.

Keine Versuche bitte, Paris abzuwerten oder herunterzuspielen, die Termine zu beklagen, die sich wie Glieder einer Kette aneinanderreihen. Nein, eine gewisse Ungewißheit muß bleiben, wenn es um diese Stadt geht, sie hat es sich schließlich verdient.

Zwei Stunden später: Ankunft auf dem Flughafen Charles de Gaulle. Die erste Ernüchterung: die Müllhalde, in die sich dieser Airport verwandelt hat. Da die Reinigungskolonnen streiken, waten wir durch das Strandgut der Zivilisation – Berge voller Dreck, Pappbecher, Zeitungen, Cola-Dosen.

Dann die Fahrt in die City, der Kampf des Taxifahrers um Meter und Zentimeter. Ein französischer Stau hat nicht mehr Charme als ein deutscher Stau, ist eher noch etwas brutaler. Dann im Hotel plötzlich die Nachricht, ein Schneechaos um Paris würde den Verkehr lahmlegen, der Flughafen Orly sei für Stunden geschlossen.

Jetzt ist die Stunde der Handys gekommen, der routinierten Sekretärinnen, die telefonieren und koordinieren, um doch noch einen Termin zu finden. Denn mein Gesprächspartner war irgendwo steckengeblieben, ließ mir aber bestellen, am späten Nachmittag könnte es vielleicht doch noch mit uns klappen, so der Wettergott mitspielt. Ich solle vorsichtshalber schon mal auf die letzte Maschine umbuchen.

Während ich wartend aus einem Bistro das vorweihnachtliche Gehetze beobachte, diese irrenden und verirrten Blicke all der Menschen sehe, die sich auf die Jagd nach Geschenken begeben haben, denke ich, daß an einem grauschwarzen Dezembertag von dem ganzen »Oh, là, là!« nicht viel übriggeblieben ist. Paris im Mai ist eine andere Stadt als jetzt. Bei Schnee kocht auch Paris nur mit Wasser.

Und dann endlich klappte unser Treffen doch

noch. Und es lag nicht an Paris, daß unser Zusammensein so harmonisch und erfolgreich verlief – es lag an den Widrigkeiten des Wetters und am Hochgefühl darüber, daß wir sie überwinden konnten.

So ein bißchen Naturgewalt von oben, die die Termine der Busineß-Gesellschaft durcheinanderschüttelt, tut uns hin und wieder ganz gut, stutzt uns zurück, zeigt uns, daß wir nicht die Größten sind, für die wir uns gerne halten, wenn wir – Fax hin, E-mail her – unsere Verabredungen treffen.

*

Und auch meine Frau, die in der Spätausgabe der Tagesschau die Schneebilder aus Frankreichs Metropole gesehen hatte, fragte mich, als ich kurz vor Mitternacht von meinem Paris-Trip müde nach Hause kam, mit keiner Silbe, ob ich in Paris den Spaß gehabt hätte, von dem am Morgen noch die Rede war. Sie sagte nur: »Schön, daß du wieder zu Hause bist.«

Ja, es war schon eine wunderbare Erfahrung, zu erleben, wie das Wetter, wenn es verrückt spielt, uns alle plötzlich ganz normal – und milde stimmt.

Der Sperling und der Strohhalm

Plötzlich dieses Gefühl: Der Sommer kippt. Er wiegt sich noch in der kristallklaren Luft, aber du spürst — und du weißt eigentlich gar nicht genau, warum und wieso —, daß der Sommer sich auf die Reise macht. Der erste Bodenfrost signalisiert uns: Er packt zumindest schon seine Koffer.

Wenn ich Sommer wäre, würde ich auch nicht in Deutschland bleiben, da gibt's was Bequemeres als diese Zone, die ... aber lassen wir das! Das Geschimpfe über unsere meteorologischen Bedingungen ist auf die Dauer fade.

Außerdem darf ich selbst nicht klagen. Ich habe einen kräftigen Schluck Sommer im Süden genommen, mit allem, was dazugehört: Gedränge an den Check-in-Schaltern, in den Hotels, in den Straßencafés. Und Lärm, wohin das Ohr reicht.

Wenn man nicht ganz genau wüßte, daß man im Urlaub ist, könnte man bei den Ferienstrapazen glatt denken, man sei im Dienst, und der Chef hätte seine Fürsorgepflicht vergessen.

Und nun heimgekehrt, dieses plötzliche Gefühl, noch ein paar Seiten im Buch des Sommers zu blättern. Also setze ich mich ins Auto und fahre hinein ins Voralpenland, im Rückspiegel die Silhouette von München, vor mir die Kette der Alpen, im flirrenden

Septemberlicht liegt sie da wie hingegossen. Und meine sonnenverwöhnten Pupillen entdecken all das Schöne, das es bei uns zu Hause – fast vergessen! – ja auch zu finden gibt.

Und wieder ist die Verzauberung da, die diese blumenprangende Bilderbuchlandschaft mühelos schafft. Ob Rom, Venedig, Taormina, Athen, Patmos, Elba, Mallorca und wie die Traumziele alle heißen mögen, sie alle können doch eines nicht wettmachen: die Schönheiten, die – spielend erreichbar – vor unserer Haustür liegen, wenn wir unsere Sinne dafür nur immer wieder neu öffnen.

In einem kleinen Ort bei Holzkirchen lege ich eine Pause ein. Eine Kirche, ein paar Grabkreuze drum herum, ein paar Bauernhäuser. Ein Kruzifix. Ein Weiher, in dem sich der blauweiße Himmel spiegelt, damit wir diese Schönheit auch dann sehen, wenn wir nicht nach oben schauen.

Und davor eine Tafel mit einem kleinen Vers, vier Zeilen nur. Der Vers ist zweihundert Jahre alt, also fast vergilbt, und er klingt so naiv, daß ich mich kaum traue, ihn hier zu zitieren.

Aber er hat mich angerührt, und darum notierte ich mir diese Zeilen:

Was nah ist und was ferne,
von Gott kommt alles her,
der Strohhalm und die Sterne,
der Sperling und das Meer.

Matthias Claudius hat uns diesen wunderschönen Gedanken geschenkt, ein Dichter, der den *Wands-*

becker Bothen einst herausgab. Ich glaube nicht, daß unsere Kinder diesen Namen noch in der Schule erfahren. Und ob sie mit diesem Vers etwas anfangen können, weiß ich erst recht nicht.

Aber mich hat der Text berührt, weil in ihm etwas mitschwingt, was wir heute so gerne verdrängen: daß wir nichts in den Händen halten, was uns zuvor nicht gegeben wurde; daß Feuer, Wasser, Luft und Erde alle unter Gottes Gebot stehen; daß selbst der kleinste Halm am Wegesrand nichts anderes ist als ein Gottesbeweis.

Irgend jemand muß diese Tafel hier aufgestellt haben. Ein Signal an die Eiligen. Eine Aufforderung, mal schweigend nachzudenken. Ein Contra an diejenigen, die meinen, daß sich unsere Zeit vor allem in dem Gekreische mancher Musiksender und den Darbietungen obszöner Talkshows wiederfindet.

Sicher: Matthias Claudius ist tot. Und mit einem Sperling und einem Strohhalm könnte uns die neue deutsche engagierte Literatur auch nicht hinter dem Ofen hervorlocken, den wir bald wieder in Betrieb nehmen müssen.

Aber diese eine Zeile »Von Gott kommt alles her«, die sollten wir uns merken. Und beim Sonntagsspaziergang an sie denken, wenn es ihn denn bei uns Kindern des Jogging-Zeitalters überhaupt noch gibt, modern wie wir sind.

Verloren in der Suche nach dem Sinn des Lebens

Sie saßen beim Frühstückstisch, als die Nachricht kam. Sie kam per Telefon aus der benachbarten Stadt. Die Frau sagte nur: »Das ist ja schrecklich.« Und dann, nach einer Weile, fügte sie noch hinzu: »Ich hab es kommen sehen.« Aber sofort bereute sie, soweit gegangen zu sein, denn eigentlich ging es sie ja gar nichts an, wie der Freund mit seinem Leben umging, das nun ganz plötzlich zu Ende war – Herzinfarkt.

Die Frau setzte sich an den Tisch zurück, legte ihre Hand in die Hand ihres Mannes, eine zärtliche Geste, irgend etwas mußte sie tun. Der Schmerz über die Nachricht war in sie hineingefahren wie ein Blitz, und wenn sie auch gesagt hatte, sie habe es kommen sehen, so ist es doch ein Unterschied, ob man etwas für möglich hält oder ob es plötzlich da ist: unwiderruflich und gnadenlos.

Nun sagte der Mann, es sei ja auch kein Wunder, »so wie der sich aufgerieben hat«. Alles habe er an sich gerissen, »ich habe das nie verstanden«. Aber so sei es nun mal im Leben: Die Rechnung werde präsentiert.

Er habe seinen Freund sogar gewarnt, erst vor drei Wochen, als sie sich zufällig in der Fußgängerzone trafen. Ja, er solle doch endlich kürzertreten, schließlich sei er nicht mehr der Jüngste, weit über 65, da liegen doch andere schon lange in Mallorca auf der faulen Haut.

Ach, sagte die Frau, ich dachte, ich sei die einzige in unserem Freundeskreis gewesen, die ihn gewarnt habe. »Du also auch, das tröstet mich.« Als ob man leichter zu seinem Seelenfrieden findet, wenn man noch einmal addiert, was man alles so sagte und schrieb, als er noch lebte, weil man es doch nur gut mit ihm meinte.

»Ja, es war in der Fußgängerzone, ich weiß es genau«, wiederholte der Mann, »ich habe sogar das Wort ›Loslassen‹ gebraucht. Ich hab' ihm gesagt, er müsse endlich loslassen können.« Das sei ihm um so leichter gefallen, als sein Freund darunter litt, daß es in seiner Firma jetzt auch mit dem Mobbing losgehen würde.

Wie er so dastand, in der Fußgängerzone, blaß und schmaler geworden, der Blick immer wieder abschweifend, da habe er schon die Frage an seinen Freund auf der Zunge gehabt: »Glaubst du wirklich, daß sie in der Firma noch dein Gesicht sehen wollen, wo doch heute junge, frische, unverbrauchte Gesichter gefragt sind?«

Aber diese Frage hatte er natürlich nicht gestellt: Angst, ihn zu beleidigen; Angst, die Freundschaft zu riskieren, die ohnehin darunter litt, daß man sich so selten sah; Angst, daß etwas zerspringen könnte zwischen ihnen, den alten Kollegen.

Nun sagte die Frau doch, was sie eigentlich nicht

sagen wollte, vor allem nicht in diesem Augenblick, aber sie konnte nicht anders, und sie schämte sich schon im selben Moment: »Gut, daß ich dich überredet habe, rechtzeitig auszusteigen.«

Da ging durch ihren Mann ein Ruck. Er müsse jetzt erst einmal um den Block gehen, um Luft zu schnappen, um über alles nachzudenken. »Soll ich mitkommen?« fragte sie. Aber er stand schon in der Tür, so schnell drängte es ihn fort, er konnte die Analyse des Todes nicht mehr ertragen.

Er wollte nicht weiter über Loslassenkönnen und Aussteigerei herumreden, weil er doch, jahrzehntelang in dem harten Geschäft wie sein Freund, auf die alles entscheidende Frage keine Antwort je würde geben können: Was hätte sein Freund denn noch alles vor sich gehabt, wenn er zuvor alles aufgegeben hätte – die Firma, die Kollegen, die Gespräche, die Konferenzen, die kleine und doch so große Welt des Berufs?

Vielleicht nur ein einsames Leben, verloren in der Suche nach Inhalt und Sinn. Und weil keiner diese Antwort kennt, soll auch keiner darüber reden und richten.

Erinnerungen wie Bilder aus einer anderen Welt

Was fühlen Sie, wenn Sie sich auf alten Fotos oder in unterbelichteten Schmalfilmen sehen, wenn Sie auf kratzenden Tonbändern Ihre Stimme hören? Meist ist es ein höchst seltsames Gefühl: Was, das soll ich sein? Mein Gott, was waren das damals für Zeiten ...

So erging es mir jetzt, als ich in einem Archiv in einer vergilbten Lübecker Zeitung einen Artikel fand, den ich vor mehr als 50 Jahren – im Hungerjahr 1947 – geschrieben hatte, und der heute mehr als nur Erinnerungen weckt. Aber lesen Sie bitte einmal selbst:

*

»Das Elend in den Zügen, die heute die großen Städte nur notdürftig verbinden, ist unbeschreiblich!

Alte Frauen, die nach stundenlanger Fahrt mit Tränen in den Augen zusammenbrechen, ungeduldige Kinder mit großen, hungrigen Blicken, entlassene Kriegsgefangene, seit Tagen unrasiert, ungewaschen, gierig um den Rest einer Zigarette bittend, Schwarzhändler mit schweren Koffern, Verliebte, die man überall erkennt, Erholungssuchende mit überarbeitetem Gesichtsausdruck – das sind die Menschen, die heute von einer Stadt zur anderen über die Zonengrenzen mit und ohne Interzonenpaß kreuz und quer durch Deutschland fahren.

Die Fernzüge im Münchener Hauptbahnhof schlucken Bruchteile der großen Menschenmassen, die auf verdrecktem Boden herumsitzen und -liegen. Der ständig überfüllte Wartesaal ist die Heimat vieler Vertriebener geworden. Schwarzhändler feilschen in gegenseitigem Bestreben, einander zu überlisten.

Die Landschaft mit Ruinen, Dörfern, Feldern fliegt gleich einem Film am Fenster vorbei. Das kleine Kind, das dort vom Balkon herüberwinkt, weiß nichts von der Not, die in den vielen D-Zugwagen stundenlang zu Hause ist. Nur wer nichts davon weiß, kann winken und lachen.

Langsam wird es dunkel, und es bleibt auch so, weil keine Lampen und Glühbirnen im Wagen sind. Die Züge gleichen Gespensterzügen – ohne Licht brausen sie über die Schienenstränge dahin. Wie viele Menschenschicksale wohl schon über die endlosen Eisenparallelen verfrachtet wurden?

Die Reichsbahn ist ein Beförderungsmittel, in dem sich die Zivilisation kaum noch behaupten kann. Kisten transportiert sie, Tiere, Autos, Handgepäck, Kinderwagen, Möbeleinrichtungen und – Menschen. Menschen, die stundenlang eingezwängt zwischen Dreck, Tabakqualm und Kindergeschrei stehen, sitzen und liegen.

Je weiter die Entfernung, desto länger und eindringlicher ist der Anblick und das Erleben eines vollständig verarmten Volkes.

In Deutschland reist man nicht, in Deutschland wird man transportiert. Ein Blick in die Züge gibt wie kaum anderswo Einblick in die vielfältige Not, die heute Millionen Herzen bedrückt. – Ob das kleine Kind einmal anders reisen wird? – Vielleicht als Mensch?«

*

Heute, nach 50 Jahren, kann ich mir nicht mehr vorstellen, diese trostlose, entwürdigende Reise von München nach Hamburg erlebt und darüber berichtet zu haben. Es geht mir hier wie beim Anblick alter *Wochenschau*-Ausschnitte, die das damalige Elend dokumentieren – sie erscheinen mir heute wie Bilder aus einer anderen Welt. Schade nur, daß man jungen Menschen, die nichts dergleichen durchgemacht haben, auch mit solchen Dokumenten nicht begreiflich machen kann, wie gut sie es haben.

Trotzdem sollte man hin und wieder in solche Zeugnisse der Vergangenheit hineinschauen, um ein bißchen dankbarer und demütiger zu werden. Und sei es nur, daß man nicht sofort aus der Haut fährt, wenn der sanft und schnell dahingleitende Intercity sich mal um ein paar Minuten verspätet.

Ein total gelungener Familienausflug

Es ist Ewigkeiten her, aber nach dem geheimnisvollen Mechanismus, der die Erinnerungen steuert, tauchte plötzlich in mir das Bild eines Familienausflugs auf. Ich sah meinen hageren Großvater, einen Spazierstock schwingend, über das Brodtner Ufer bei Travemünde laufen, unten die aufgepeitschte Ostsee, Frühlingsstürme vom Norden her, und er ermahnte uns, mit ihm Schritt zu halten. Es war die Tortur schlechthin.

Und weder seine Frau noch seine Mutter, noch seine Schwester, noch ich, noch der Bruder meiner Mutter, noch die Schwägerin, noch die ferne Verwandte aus Helsinki hatten etwas zu melden: Familienausflug war 1936 ein militärisch organisiertes »Vergnügen« des fernsehlosen Zeitalters, als die Menschen nur sahen, was sie wirklich selber sehen konnten. Aber irgendwie lag trotz aller Anstrengungen in der Rückschau ein Goldschimmer auf diesem privaten Festival.

Das müßte sich doch wiederholen lassen, nicht ganz so streng, so strapaziös, eher zeitgemäß liberal, dachte ich, und mein Geburtstag bot sich an, weil man einem Geburtstagskind nur schwer etwas ausschlagen kann. Ich weihte also meine Frau in den verwegenen Plan ein – und schon gab es Gegenwind.

»Das ist eine Schnapsidee, die kannst du den Kindern doch nicht zumuten. Jagst du denn immer noch deiner eigenen Kindheit nach?« Und dann nahm sie das Wort »Familienausflug« noch einmal leicht spöttisch in den Mund.

»Aber du kannst ja deine Tochter gern fragen«, schlug sie nun vor. Es klang so, als wollte sie sagen: Mit so einer sentimentalen Idee kannst du der heutigen Generation doch nicht kommen. Ein Flug nach Paris, ein Wochenende in London, das ja, vielleicht auch noch eine Spritztour mit dem neuen Auto nach Venedig, gut und schön. Aber – wie bitte, ist das dein Ernst? – ein Ausflug zum Schloß Herrenchiemsee, und das ohne Picknick, weil der Maiauftakt immer noch aprilfrisch und der Rasen feucht ist – also ein Besuch beim Bayernkönig Ludwig II. ist doch nun ein verdammt alter Hut.

Meine »Durchsetzungskraft«, im Beruf über Jahrzehnte verschlissen, reichte dann aber immerhin doch aus, den Familienausflug in Szene zu setzen, dank der Gutwilligkeit meiner Tochter, die nur einmal kurz aufbegehrte, weil ich den Start auf neun Uhr festgelegt hatte: »Am Sonnabend ist das barbarisch früh.«

Als wir uns dem Schloß näherten und der elfjährigen Enkelin Anuschka von den Marotten des Königs erzählten, sagte sie: »Phantastisch, Kohl könnte so ein Schloß heute nicht mehr bauen.« Und der Schwiegersohn meinte lakonisch: »Irgendwie verrückt: Da kennen unsere Kinder die Tempel von

Bangkok und das Guggenheim-Museum in New York, aber Linderhof und Neuschwanstein haben sie noch nie gesehen.«

Spätestens in dem Augenblick, da uns die Fremdenführerin das »Tischleindeckdich« zeigte, das Ludwig II. einbauen ließ – der gedeckte Tisch wurde mittels eines Flaschenzuges vom Keller aus in das Speisezimmer gehievt, wo der König, vom Personal unbehelligt, seine Mahlzeiten einnehmen konnte –, erkannten wir: Wunder gibt es immer wieder, auch bei uns – und in Bayern sowieso.

Ob man es mir nun glaubt oder nicht: Auch über unserem Familienausflug lag ein Goldschimmer wie einst. Und als meine Enkelin mir verschwörerisch zuflüsterte, am Muttertag müßten wir das Ganze noch einmal wiederholen, da wußte ich: Der Familienausflug war, allen Befürchtungen zum Trotz, total gelungen. Großvaterherz, was willst du mehr?

»Der Tod scheint mich zu vergessen«, meint meine alte Tante

Meine alte Tante ist einundneunzig Jahre alt. Sie lebt in einer hübschen Stadtwohnung mit Blick auf einen Park. Drei Zimmer – im vierten Stock. 43 Stufen. Wenn ich sie dort besuchte – selten genug, wie ich heute weiß –, dann zählte ich diese Stufen immer aufs neue. Und je nachdem, wie sehr ich oben nach Luft japste, wußte ich um meinen körperlichen Zustand.

Daß meine alte Tante einundneunzig Jahre geworden ist, hat auch mit diesen verdammt vielen Stufen zu tun. »Wenn die Treppe nicht wär', ginge es meiner Hüfte sicher besser«, sagte sie oft.

»Aber ohne diese Treppen wäre ich vielleicht überhaupt nicht so alt geworden, sie haben mein Herz ganz schön auf Trab gehalten«, fügte sie dann meistens hinzu.

Es gibt Momente, da weiß meine Tante gar nicht, ob sie das gut finden soll, dieses lange Leben, dieses Hinwarten auf – ja, worauf eigentlich? Aber darüber mag sie dann nicht sprechen. Sie läßt diesen Gedanken plötzlich ins Leere laufen. Das ist eine große Kunst.

»Ich will nicht klagen, wie geht es dir?« lenkte sie von sich ab. Das tun alte Leute dann, wenn sie in einem langen schweren Leben jenen Grad von Weisheit erreicht haben, der sie wissen läßt, daß die Menschen sich heute ohnehin nur noch kurzfristig auf ein anderes Schicksal einstellen können.

Meine alte Tante gehört zu der Generation, die es sich nie leicht gemacht hat. Bis vor zwei Jahren schleppte sie beispielsweise ihre Wäschepakete noch selbst in einen Waschsalon.

»Da hatte ich Kontakt mit jungen Leuten, wunderbar«, berichtete sie und strahlte. Sie kam sich »wie im Kino« vor beim Warten, so viele Geschichten erfuhr sie da, während die Trockenschleuder rappelte. Manchmal hat ein junger Mann sich sogar erboten, ihr die Wäsche nach Hause zu tragen: »Die Jugend ist viel freundlicher, als es in der Zeitung steht.«

Meine alte Tante findet unsere Zeit überhaupt nicht so schlimm, wie sie immer beschrieben wird. Vielleicht, weil sie keinen Fernseher hat. »Der schluckt ja doch nur die Zeit wie ein Müllschlucker den Müll.«

Als meine alte Tante vor einiger Zeit mal für einige Wochen in die Klinik mußte, war sie ganz niedergeschlagen. »Der Tod scheint mich zu vergessen«, klagte sie, zumal der Rückenschmerz nicht aus ihrem schmalen Körper weichen wollte. Aber dann kamen die Lebensgeister wieder.

Jetzt muß sie noch einmal tapfer sein: In ein paar Tagen bezieht sie ein Appartement in einem Altersheim. »Man hat mir gesagt, es sei nicht auszudenken, wenn mir hier allein in der Wohnung etwas zustößt ...«

»Fällt dir der Umzug sehr schwer?« fragte ich sie – und wußte im selben Augenblick, daß dies die trostloseste Frage war, die mir je einfallen konnte.

»Glaub mir, es ist schon eine Unternehmung, seinen ganzen Haushalt nach so vielen Jahrzehnten aufzulösen, aber es ist meinem Alter entsprechend.« Sie sagte es mit fester Stimme – und ein bißchen Stolz war auch dabei. Als wollte sie mir bedeuten: bloß keine Sentimentalität! »Würden sich alle Menschen ihrem Alter entsprechend verhalten, wäre unser Leben leichter und besser.«

Dieser Satz hörte sich an, als wäre er im Haus der Buddenbrooks gesprochen worden: ein bißchen streng. Aber hat meine alte Tante nicht recht? Wollen wir nicht alle immerzu und immer wieder jünger erscheinen, als wir sind, und wird dadurch nicht alles nur viel schwerer?

*

Sollte das Wort »entsprechend meinem Alter« irgendwann einmal irgendwo fallen, werde ich bestimmt sofort an meine zauberhafte alte Tante denken, die die geheimnisvolle und schwierige Kunst beherrscht, auch mit den späten Jahren klug umzugehen.

Der Mann von Zimmer 444, der seine Tage nur noch »abreißen« wollte

Ich war in die falsche Zeile geraten. Ich wollte ihn gar nicht anrufen. Ich weiß auch nicht, warum ich seinen Namen in meinem Telefonbuch nicht längst durchgestrichen hatte. Seit Ewigkeiten hatten wir uns nicht gesehen, in den Jahren davor waren wir zeitweise Zimmernachbarn im Büro, vierter Stock. Zimmer 444, das war seine Nummer, und 443, das war meine Adresse. Ich habe ihn aber nicht um die Schnapszahl beneidet, sondern darum, daß er eine Achse mehr hatte.

Das war die »Währung«, mit der man – außerhalb des Gehalts – belohnt wurde. Ein Mann mit drei Fenstern war ein halber König. Wer nur zwei Fenster hatte, wußte: Hier mußt du noch ein bißchen auf der Karriereleiter strampeln.

Und nun hatte ich ihn plötzlich und irrtümlich in der Leitung. Als er seinen Namen nannte, sagte ich nur: »Entschuldigung, ich habe mich verwählt« und wollte sofort den Hörer auf die Gabel legen. Aber mein kurzes Zögern genügte: Er mußte erkannt haben, daß ich am Apparat war, er hatte schon immer diese hellseherisch anmutende Begabung. »Schön, daß du dich mal meldest«, schmetterte er mir entgegen.

Nun tauschten wir Informationen aus. die mit wenigen Worten fast ein Jahrzehnt abgreifen, ein gewaltiges Stück Leben. Todesfälle im Freundeskreis, Operationen, Kündigungen, Probleme mit den Kindern, alles eilig vorgetragen, man will den anderen nicht langweilen – und überhaupt: Der Graben zwischen uns war ja breit und tief, viele, viele Jahre, wie gesagt, ein gewaltiges Stück Leben.

Ob er noch in der alten Firma sei, fragte ich nun. Und genau das war das Stichwort, auf das er gewartet hatte, die Brücke, auf der er sich mir nähern konnte. »Ich kann es gar nicht erwarten, endlich pensioniert zu werden.« Pause. »Weißt du, ich zähle nicht die Tage, ich zähle die Stunden.« Pause.

Während ich ihm zuhörte, dachte ich: seltsam, wenn dich jemand mit Du anredet, nach so vielen Jahren, in denen kein Wort gewechselt worden war.

»Endlich frei, das muß doch herrlich sein?« fragte er nun lauernd, und ich schwieg noch immer. »So gut wie du möchte ich es auch haben.« Es habe sich in der Firma so vieles grundlegend verändert, sagte er, »aber das ist alles nicht mehr mein Bier«.

Wie lange er denn noch an Deck bleiben müsse, wollte ich wissen. »Mindestens drei Jahre, bis 65, ich darf gar nicht daran denken.« In diesem Stoßseufzer war alles verborgen: die Angst, die Wegstrecke nicht mehr zu schaffen, und jener Zynismus, der sich einstellt, wenn man sich einer schwierigen Situation gegenübersieht.

Nun fühlte ich mich herausgefordert. Er habe nicht nur einen falschen, sondern einen höchst gefährlichen Gedanken im Kopf, einen Gedanken wie eine Krankheit, die den ganzen Menschen lähmt. Es gebe keine Zeit, die man verschwenden, die man »abreißen« kann. Jeder Tag sei ein Geschenk des Lebens an das Leben. Er solle doch nur mal Schwerkranke fragen, die nach einer Operation ins Leben zurückkehren, obwohl sie zuvor glaubten, es sei schon alles zu Ende. Wer auf die Pensionierung zugeht wie ein Dürstender in der Wüste, wird zerbrechen, ehe er das Ziel erreicht. Und nicht immer ist die Pensionierung jene Oase, die man sich erhofft, manchmal ist sie auch nur eine Fata Morgana ...

*

Kurze Zeit später erfuhr ich: Der Mann aus Zimmer 444, der die Tage in der Firma nur noch »abriß«, hatte mit seinem Chef verhandelt. Er wurde versetzt, zog vom vierten in den zweiten Stock um. Weniger Kompetenzen, nur noch eine Achse im großen Bau, aber: Er war glücklich! Und das alles, wie das Leben so spielt, weil ich beim Suchen einer Telefonnummer in die falsche Zeile geraten war.

Besuch auf einem Acker Gottes

Geheimnisvoll, wie die Schritte manchmal einen Weg nehmen, der vom Unterbewußtsein gesteuert wird. Ich hatte in all den Jahren, die ich in München lebe, um die naheliegende St. Georgskirche einen weiten Bogen gemacht, war zu keiner Stunde je auf den Gedanken gekommen, den Friedhof in meiner Nachbarschaft zu betreten, der dieses Gotteshaus umschließt.

Friedhöfe gehörten nicht zu den bevorzugten Plätzen, wenn mich Sehnsucht überfiel, die Natur aufzusuchen. Im Gegenteil. In meiner Jugend erschien mir alles, was an das Sterben erinnert, in so weiter Ferne, daß ich Scheu hatte, mich dahin zu verirren.

In den mittleren Jahren, als auf der Lebensuhr der Stundenzeiger immer schneller lief, war der Friedhof ebenfalls keine Adresse, obwohl meine Mutter und viele andere Verwandte durchaus ohne jeden Anlaß immer wieder Friedhöfe aufsuchten, was ich nicht verstand.

In den folgenden Jahren mögen dann Verdrängungsmechanismen die entscheidene Rolle gespielt haben, Friedhöfen auszuweichen, zumal man immer häufiger zu einer Beerdigung gerufen wurde. Da war die Angst, sich den Gedanken über die letzten Dinge zu stellen, der Endgültigkeit des Lebens ins Auge zu schauen.

Aber dann, an einem dieser grauen Novembertage, die wie verloren aus dem Kalender herausgefallen sind, lenkte ich meine Schritte doch in Richtung Kirche.

Ein Freund hatte mich zuvor mit dem Bekenntnis überrascht, er gehe gerne auf Friedhöfen, die er Gottesacker nannte, spazieren, um dort die Brüchigkeit des Lebens zu überdenken; manche Grabinschrift vermittle mehr Weisheit als alle sogenannten Lebenshilfebücher zusammengenommen.

Es ist nur ein kleiner Friedhof in Bogenhausen, aber ein Friedhof mit großen Namen. Gleich links von der Eingangspforte die letzte Ruhestätte von Erich Kästner, jenem Dichter, der besser als jeder andere unsere Gefühle umschrieben hat, die am Silvesterabend auch mit zischenden Raketen nicht aus unserer Seele zu verdrängen sind: »Wird's besser, wird's schlimmer, fragt man alljährlich, seien wir ehrlich, Leben ist immer lebensgefährlich.«

Dicht daneben das Grab des genialen Schauspielers Robert Graf, gestorben 1966, nur 44 Jahre ist er alt geworden. Über drei Jahrzehnte sind verflogen, seit mir seine Witwe auf die Reporter-Frage, was sie am meisten verloren habe, die unvergessene Antwort gab: »Es sind nicht die großen, es sind die kleinen Dinge, die plötzlich schmerzen. Daß mein Mann nicht mehr morgens im Badezimmer pfeift, daß es die ganz banalen Gespräche nicht mehr gibt: Wie geht's. Gut, daß du da bist. Kann ich dir helfen?«

Ich gehe langsam weiter. Viele Namen, die Erinnerungen wecken: an Annette Kolb, Werner Kreindl, an Heinz Schulze-Varell, den Modeschöpfer, an Gustl Waldau, den ewigen Film-Kommerzienrat, an Oskar Maria Graf, an unvergeßliche Konzerte, in denen Hans Knappertsbusch dirigierte.

Namen sind eben nicht Schall und Rauch, wenn sich dahinter ein Mensch verbirgt, der uns – in welcher Form auch immer – beschenkte und beglückte.

Viele Inschriften an den Gräbern, die mahnen und trösten. »Ihr Kleingläubigen, warum seid ihr furchtsam«, steht auf einer Holzsäule. »Der Gerechten Seelen in Gottes Hand und keine Qual rühret sie an«, lese ich in Stein gehauen.

Diese kleinen Texte sind Ausrufungszeichen, keine Fragezeichen, wie wir sie sonst in unserem Leben entlang der Oberfläche finden. Und ich denke dankbar an meinen Freund, der mich überredet hatte, doch einmal außer der Reihe auf einen Gottesacker zu gehen, um dort nicht über den Tod, sondern über das Leben und seine Einmaligkeit und Kostbarkeit nachzudenken.

Wie wundervoll, wenn sich immer neue Türen öffnen

Es ist Jahrzehnte her, ein älterer Freund hielt zu meinem Geburtstag eine unvergessene Tischrede, denn er wünschte mir nur eines: »daß die Türen im Leben immer für mich aufgehen mögen«. Und ich dachte mir: Etwas mehr könnte es schon sein.

Denn damals in den fünfziger Jahren flogen die Wünsche noch hinauf in einen Wirtschaftswunderhimmel, der alles zu verschenken schien, was diese Welt an materiellen Gütern bereithielt. Da erschienen mir »offene Türen« arg wenig.

Aber eines hatte der Schelm erreicht: Ich habe seinen Wunsch nie mehr vergessen. Offene Türen. Keine geschlossenen Türen. Und schon gar nicht: für alle Ewigkeit verschlossene Türen, dahinter die unerreichbaren Paradiese der Sehnsucht.

Schon wenige Tage nach diesem Geburtstag sollte ich an seinen Glückwunsch denken, als ich mich im Vorzimmer eines Chefs wiederfand, von dem ich nur eines erflehte: daß er mich schnurstracks engagieren möge.

Ich starrte auf die schwere Eichentür. Wer wird sie öffnen: ein freundlicher Chef oder eine Sekretärin mit einer Vertröstung? In wenigen Minuten wird sich mein berufliches Schicksal entscheiden. Ich wartete. Nach zwölf Minuten wurde ich nervös. Nach zwanzig Minuten schoß ein zorniger Gedanke in mein Gehirn: Jetzt verschwindest du. Entwürdigend, dieses Warten ...

Dann, o Wunder, öffnete sich ganz langsam die Tür, wie bei einer langen Kamerafahrt in einem Fernseh-Krimi, kurz bevor der Oberinspektor das Mordzimmer betreten wird und die Spannung zuvor noch auf den Siedepunkt gebracht werden soll. Der Chef stand vor mir. Er entschuldigte die Verzögerung. Ich lächelte. Und – ich wurde engagiert. Die Tür hatte sich für mich geöffnet. Wie gut, daß ich nicht weggelaufen war.

Seit diesem Tag achte ich auf Türen. Ich schaue, ob sie abweisend sind, voller Sicherheitsschlösser, Eisenbalken gar. Ob sie sich leicht öffnen lassen, außen schon einladend geschmückt, ob das Namensschild diskret klein ist oder protzig: Seht her, hier wohne ich!

Und ich registriere, was passiert, sobald ich geklingelt habe. Öffnet sich die Haustür schnell oder langsam, ist die Wohnungstür schon angelehnt, wenn ich ankomme? Türen verraten so viel.

Und längst haben sich Türen in unserer Sprache eingenistet: Wir rennen offene Türen ein, wir öffnen einer Sache Tür und Tor, wir befehlen wütend, jemand solle »die Tür von außen zumachen«, wir »fallen mit der Tür ins Haus«, wenn wir jemandem dringend etwas mitteilen wollen. Die Tür ist allgegenwärtig – in der Sprache und in unseren Häusern – bis hin zur geheimnisvollen Tapetentür.

Als mein Freund mir damals »immer offene Türen« wünschte, standen wir noch unter dem Schock eines Theaterstückes aus der damaligen Trümmerliteratur, das der geniale, zu früh verstorbene Dichter Wolfgang Borchert 1947 über die seelischen Probleme der jungen, aus dem Krieg heimkehrenden Soldaten geschrieben hatte und das eine ganze Generation berührte. Der aufrüttelnde Titel: *Draußen vor der Tür.*

Vielleicht muß man diese erschütternden Erfahrungen mit verschlossenen Türen selbst gemacht oder doch miterlebt haben, um zu spüren, wie wundervoll es ist, wenn sich heute – leichter als damals – immer neue Türen öffnen. Manchmal sogar zu viele, so daß wir verwöhnt und dann verwirrt oftmals den richtigen Weg gar nicht mehr finden ...

Wenn der fehlende Stollen zur Nagelprobe einer Beziehung wird ...

Ein halbes Jahr ist es her, seit sie ihren Mann in den Vorruhestand schickten mit vielen Reden, auch Beschwörungen. »Wir melden uns«, »schau mal rein, wenn du in der Stadt bist«, »wir bleiben in Kontakt, das ist doch klar.« Dann fuhr er nach Hause, nicht mehr im Dienstwagen mit Chauffeur, das war nun aus und vorbei, endgültig.

Aber damals stand die Sonne hoch am Himmel, er begann zu reisen, Träume sollten verwirklicht werden – Italien, die Fahrt über den Brenner, das Schiebedach weit offen, und im Hafen von Portofino bei einem Chianti war das Manager-Leben, das ihn so ausgepumpt hatte, vergessen. Seine Frau lehnte den Kopf an seine Schulter und sagte, es sei doch wie in früheren Jahren, »als wir noch jung waren«. Er antwortete, sie hätte recht. Aber er spürte, daß dies nicht so war.

In den folgenden Wochen wunderte er sich, daß sich niemand von den Mitarbeitern, den Geschäftsfreunden meldete. »Der eine oder andere könnte doch wenigstens mal anrufen«, meinte seine Frau. Er sagte dann: »Die haben genug um die Ohren« – und wußten zugleich, daß er sich selbst belog.

Dies alles muß man wissen, um die fast krankhafte Neugier zu verstehen, welche die Frau an ihrem

Mann beobachtete, nachdem bis zum 6. Dezember der Christstollen nicht eingetroffen war, mit dem es eine besondere Bewandtnis hatte.

Der wichtigste Partner ihres Mannes schickte Jahr für Jahr mit der Präzision eines Uhrwerks zum Nikolaus diese Köstlichkeit. Immer lag ein Kärtchen dabei, »auf weitere gute Zusammenarbeit in alter Freundschaft«, und immer begann mit diesem Stollen die vorweihnachtliche Zeit.

Dieses Jahr war es anders. »So sind die Menschen, kaum sitzt du nicht mehr im Sattel, lassen sie dich fallen wie eine heiße Kartoffel«, sagte ihr Mann, nachdem kein Paket gekommen war. Als sie im matten Winterlicht in sein Gesicht schaute, hatte sie das Gefühl, ihr Mann sei innerhalb weniger Monate gealtert.

Die Frage, ob der Stollen noch kommt oder ausbleibt, wurde für ihn zu einer Schlüsselfrage seines Lebens. Es könne doch nicht wahr sein, daß ein Mensch, der Jahr für Jahr von freundschaftlichen Bindungen spricht, diese auf Knall und Fall kappt. »Es war doch mehr zwischen uns als nur das Geschäftliche«, sagte er, »es war doch eine Art Freundschaft.« Für einen Augenblick dachte die Frau, sie sollte einen Stollen kaufen und auf den Frühstückstisch stellen – und der ganze Spuk wäre vorbei. Aber das war natürlich Illusion. Es ging ja in Wahrheit nicht um den Stollen, es ging um... ja, worum ging es eigentlich?

»Du bist plötzlich auf der hinteren Seite des Mondes, und dort gibt es keine Signale mehr« – so bitter hatte er noch nie gesprochen. Und die Frau wußte in diesem Augenblick zum erstenmal, daß sie ihrem Mann bei aller Liebe zu Hause nicht geben konnte, was er draußen verloren hatte.

Dann kam, wie in einem Märchen, am 23. Dezember per Expreß doch noch der Stollen, so groß wie immer, mit einer Karte wie immer, nur der Text lautete anders: Wegen einer schweren Grippe bei einer Auslandsreise käme der Weihnachtsgruß diesmal verspätet, »aber mit um so größerer Herzlichkeit und in alter Verbundenheit«.

Ihr Mann wäre am liebsten im Erdboden versunken. Ja, er schämte sich, so mißtrauisch geworden zu sein, einen Stollen zur Nagelprobe einer Beziehung gemacht zu haben. Und er beschloß, nichts mehr zu erwarten, was mit vergangenen beruflichen Zeiten zu tun hatte. Um so beglückender, wenn es dann den alten Zauber doch noch gibt, wie an diesem Tag vor dem Heiligen Abend.

Zivilcourage, wo ist dein Sieg?

Ein schwerer Unfall in Kempten. Ein Arbeiter bricht zusammen, von einer Holzbohle am Kopf getroffen. Ein Ohr halb abgerissen. Der Mann schreit vor Schmerzen. Krümmt sich. Sein Chef will schnellstens mit ihm zum Arzt. Er braust los, biegt in eine Straße ein, die ausschließlich für Busse gedacht ist ...

Ahnen Sie, was nun kommt? Richtig: ein Polizist. Die staatliche Autorität in Person. Der Streifenpolizist läßt sich die Ausweise zeigen. Führerschein, Wagenpapiere. »Immer schön langsam.« Der Chef spricht vom Notfall, der Polizist sieht den blutenden Arbeiter. Was soll's? Schließlich gibt es Vorschriften.

Zwanzig Minuten (!) dauert die Kontrolle. Eine Zeitspanne, in der ein Flugzeug von Hamburg nach Hannover fliegt. Der Arbeiter, der es vor Schmerzen nicht mehr aushält, quält sich inzwischen selbst zum Arzt – zu Fuß.

Diese kleine Szene passierte im großen Stück Leben, das wir alle täglich miteinander spielen. Die meisten als Chargen, die wenigsten vorne an der Rampe. Das Stück trägt den Titel: Macht und Ohnmacht. Wir spielen dieses Spiel en suite. Wir kommen da gar nicht raus.

Wir spielen es im Büro, in der Fabrik, neuerdings immer öfter mit der Variante, die »Mobbing« heißt –

das Wegdrücken eines Mitarbeiters mit Hilfe von Intrigen. Wir spielen es in der Liebe, in der ein Partner dem anderen befehlen will, wo es langzugehen hat. Wir spielen es auf der Straße, wenn wir den anderen schneiden, ganz dicht auffahren, ihn blenden. Und wir spielen es in der Politik, wo das Destillat der Macht serviert wird. Und wo die Helden sogar weinen, wenn sie sich von ihr wieder trennen müssen, so wunderbar schön muß diese Macht und Herrlichkeit sein.

Nun wissen wir aus klugen Büchern der Seelenforscher, daß Machtstreben in uns Menschen angelegt ist, »ein triebhaftes Verlangen, die Um- und Mitwelt zu beherrschen«, also ein Phänomen, das von vornherein nicht zu verurteilen oder gar zu verdammen ist.

Etwas näher heran an unser Beispiel aus Kempten führt uns eine andere Definition, die von dem berühmten Sozialwissenschaftler Max Weber stammt. Danach ist Macht die Chance, »innerhalb einer sozialen Beziehung den eigenen Willen auch gegen jede Form von Widerstreben durchzusetzen, gleichviel, worauf diese Chance beruht«.

In Kempten war es schlicht und einfach die Uniform des Beamten, der das weise Wort sicher noch nie gehört hat, wonach die Macht gar nicht milde genug aussehen kann, wenn sie auf Dauer erfolgreich sein will.

Betrachten wir die drei unglücklichen Menschen, die da auf der Straßen zufällig zusammentrafen, in

Großaufnahme, so zeigen sich alle Facetten, zu denen wir Menschen fähig sind – von der Menschlichkeit bis zur Unmenschlichkeit.

Da ist der Chef, der nichts anderes will als schnellstens helfen und der dabei eine Vorschrift hintanstellt – und der sich nun wohl fragen wird: Zivilcourage, wo ist dein Sieg? Da ist, zweitens, der blutende Arbeiter, dem alles Mitgefühl gehört. Und dann ist da der Mann in Uniform, inzwischen angezeigt wegen »unterlassener Hilfeleistung«, der im Spannungsfeld der Macht die Orientierung verloren hat – ein Mann mit steinernem Herzen, der vor lauter Paragraphen das Wichtigste übersieht: einen Menschen in seiner Not.

Wäre es nicht wunderbar gewesen, der Polizist hätte sich zu dem blutenden Unfallopfer gesetzt und den Wagen zum nächsten Krankenhaus gelotst, an allen Dienstvorschriften vorbei?

Abraham Lincoln hat recht: »Willst du den Charakter eines Menschen erkennen, so gib ihm Macht.«

Auf der Suche nach unseren »kleinen Freiheiten«

Haben Sie zufällig die Freiheit gesehen? Sind Sie ihr irgendwo begegnet? Ich finde sie momentan so selten. Vielleicht können Sie mir helfen. Es muß sie doch geben, sie ist doch nicht etwa ausgewandert? Es heißt doch immer, wir lebten in der »freiheitlichsten Grundordnung«, die es je auf deutschem Boden gegeben hat.

In Festtagsreden wird diese Freiheit auch so suggestiv beschrieben, daß man glatt denken kann, sie sei in ihrer ganzen Pracht und Herrlichkeit noch immer unter uns. Wer nach dem Krieg die Aufbaujahre miterlebt hat, kennt diese wunderbare freiheitliche Stimmung, dieses »in the mood«-Gefühl, das uns Glenn Miller mit seinem Sound vermittelte. Von diesen Melodien begleitet, schüttelten wir die Reste der Diktatur ab, diese Blockwart-Mentalität, die wie eine böse Krankheit um uns war. Ja, wir fühlten uns wirklich frei.

Aber dann begannen mit den Jahren Bürokraten die Reste jener Fesseln, die irgendwo im Keller der deutschen Geschichte herumlagen, wieder herauszukramen und uns neu anzupassen, natürlich demokratisch drapiert.

Und wir? Geblendet von dem Aufschwung, von dem glitzernden Wirtschaftswunder, ließen es geschehen. Uns überspülte eine Flut von Verordnungen und Gesetzen. Das Ergebnis war nicht die Regulierung unseres Zusammenlebens, wogegen niemand etwas hat, sondern die »Überregulierung«.

Die Politiker aber, die diese schmerzhafte Entwicklung zu verantworten haben, treten heute selbst als Protestler gegen die Überregulierung auf – ein verblüffendes Tarnmanöver und Doppelspiel, nichts weiter.

Am Beispiel der Autofahrer, über die im vorauseilenden Mißtrauen ein lasergesteuertes Orwellsches Überwachungsnetz geworfen wurde, läßt sich die Ohnmacht des Bürgers besonders gut erkennen. Denn oft geht es den Kommunen mit ihren Radarfallen gar nicht um Sicherheit, sondern um blanke Abzockerei. Sie wollen ihre Kassen füllen, degradieren Polizisten zu Geldeintreibern.

Die ersten Anzeichen einer längst überfälligen Gegenwehr gab es jetzt in einer Gemeinde am Starnberger See. Dort haben Verkehrsrichter den Autofahrern ausdrücklich empfohlen, gegen Verwarnungen ruhig Einspruch einzulegen, weil die Behörden bei der Tempomessung viel zu oft »kleinkariert« vorgingen. Das Richterwort ist kein Freibrief für Raser, sehr wohl aber ein Warnschuß an die Bürokratie.

Verkehrsschilder dürften die Bürger nicht »entmündigen«, forderte kürzlich der Verkehrsgerichtstag in Goslar. Ein verräterisches Wort. Denn daß wir »mündigen Bürger« von anderen Bürgern jemals entmündigt werden könnten, das haben wir uns in unseren kühnsten Träumen nicht vorgestellt.

Aber es ist so. Die Ohnmacht der Bittsteller vor den Schaltern der Bürokratie ist oft lähmend und schmerzhaft. Zwar geht in der Demokratie alle Macht vom Volk aus, doch die Erfahrung, wie diese verliehene Macht dann dem Volk vielfach wieder gegenübertritt, muß uns zu denken geben. Wenn nun sogar die Justiz selbst gegen den behördlichen Stachel löckt, sollte man in den Amtsstuben hellhörig werden ...

Ich frage mich oft, wann die Metamorphose einsetzt, die aus ganz normalen Mitbürgern plötzlich kleine bürokratische Diktatoren macht. Es muß jedenfalls ein unglaubliches Glücksgefühl sein, in das Leben anderer Menschen einzugreifen.

Sicher, die große Freiheit haben wir noch, aber wie ist es um die »kleinen Freiheiten« in unserem Alltag bestellt?

»Die Firma kannst du ab morgen vergessen«

Seine Frau hatte es ihm zuerst gesagt. Er wollte es nicht hören, aber sie hatte es gesagt. Er weiß auch noch genau den Zeitpunkt. Es war beim Frühstück, am Morgen des Tages, an dem er abends nicht mehr »dazugehörte«. Sie hatte ihm eine zweite Tasse eingeschenkt, »damit du den Tag hellwach überstehst«, obwohl Kaffee nicht gerade Medizin für seinen Blutdruck war, der sich im oberen Bereich irgendwo bei zweihundert bewegte.

Der Satz kam knallhart. Sie hätte ihn so nicht aussprechen sollen, er war ihr halt herausgerutscht: Fazit all dessen, was sie in den letzten Monaten so mitbekommen hatte, wenn ihr Mann nach Hause kam, müde, abgekämpft, erbittert über Intrigen, »und mein schönes Zimmer haben sie mir auch genommen, ich schau jetzt auf den Hof«.

»Hör auf mich, die Firma kannst du ab morgen vergessen.« Das war ihr Satz: ein Stich, ein jäher Schmerz. Nach zwei Jahrzehnten hätte er nicht gedacht, jemals eine solche Quittung zu bekommen, sechs Jahre vor der Zeit: vorzeitiger Ruhestand aus betriebsbedingten Gründen. Dabei war er wer in der Firma. Bei den »Strategiegesprächen« war er immer dabei. Und wenn der »Inner Circle« tagte und der Chef schon mal eine Flasche Champagner auffahren ließ, »damit die kleinen grauen Zellen besser anspringen«, dann hörte man ihm zu.

Undenkbar, daß so einer vorzeitig ...? Ich bitte Sie! Ruhestand? Doch nicht für ihn, den Rastlosen, den Emsigen, den Mann, der alle Akten kannte, der immer wieder auch an der Verkaufsfront war, wo sich alles entschied: beim Kunden, in den Geschäften, beim Großhandel.

Seine Frau hatte schon mal gefragt: Verausgabst du dich nicht? Kannst du nicht kürzer treten? Müssen wir den Venedig-Urlaub wirklich wieder verschieben?

Er wollte es nicht hören. Er legte eher noch einen Zahn zu. Was wissen Frauen von den Machtspielen? Und fühlte er sich nicht glücklich im »Inner Circle« der Firma? Wären beide jünger gewesen, keiner hätte für ihre Ehe noch garantieren können, da hätte sie noch vor ihm Schluß gemacht. Aber jetzt, so um die sechzig, da hält man fest, was man hat, weil man rundum sieht, wie schnell man so vieles verlieren kann, etwa den morgendlichen Gang in »meine Firma«.

Als ihm dann der Chef etwas unbeholfen (»Ich tue es wirklich schweren Herzens«), aber doch beinhart (»Was sein muß, muß sein!«) erklärte, daß der Betrieb leider auf ihn verzichten müsse (die Kosten, die allgemeine wirtschaftliche Lage, die Verantwortung für das Gesamte), da wurde ihm für Sekunden schwarz vor Augen, da schoß es ihm plötzlich durch den Kopf: Die Firma, von der er immer sagte, sie sei »meine Firma«, war ja in Wahrheit auch nur eine Firma wie viele andere, denen es heute nicht mehr so gut geht wie noch vor Jahren ...

Aber ein Gedanke beschäftigte ihn seit jenem schwarzen Tag des Aus und Vorbei: War es etwa falsch, sich mit der Firma identifiziert zu haben, war sein Aufstieg nicht dadurch überhaupt erst möglich geworden? Oder wäre es klüger gewesen, den Beruf als Job zu sehen, karrierebewußt, aber ohne jede innere Bindung? Ja, welcher Pfad ist der richtige im Dschungel des Berufs?

Und dann beschloß er, dem Rat seiner Frau ausnahmsweise nicht zu folgen, also die Firma nicht zu vergessen und dem Chef, der ihn vertrieben hatte, obwohl er selbst ja auch nur ein Getriebener war, nicht zu zürnen. Und vor allem nie mehr zuzulassen, daß nun ein Schatten auf die vielen guten Jahre in der Firma fällt, die sein »ein und alles« war.

Und was soll ich sagen: Gestern rief mich der vorzeitig Pensionierte an und erzählte, durch dieses neue Denken habe er seinen Seelenfrieden wiedergefunden. Die Blutdruckwerte? 145 zu 90, na, bitte.

Freundesland – ein rätselhaftes Land

Wir haben alle »keine Zeit, keine Zeit«, nicht wahr? Wir müssen aufpassen, daß wir nicht aus der Achterbahn des Lebens herausfallen. Wir haben einen Terminkalender, der einer Fessel gleicht. Auch in der Freizeit sind wir längst nicht mehr frei, wir Mitläufer der Non-Stop-Gesellschaft. Wir haben die Predigten der Beglücker begriffen, die uns sagen, daß nur heute *heute* ist. Wir wollen das einfache Leben – aber mit Komfort. Die Ruhe – aber auch den Rummel. Traumreisen in die Ferne, auf den Schwingen des Last-Minute-Fluges. Und wir wollen viele, viele Freunde haben.

Wir zahlen natürlich für alles. Wir spüren in unserem Gewissen dieses niederziehende Gefühl der Unzulänglichkeit, all die Fäden, die wir im Laufe der Jahre gesponnen haben, in der Hand zu behalten, all diese unsichtbaren Fäden, die ein wunderbares Geflecht ergeben, das wir Freundschaft nennen.

Bei dem einen ist es weitmaschig. Er lädt glatt hundert Menschen ein und sagt in der Begrüßungsrede, er sei dankbar, all seine Freunde um sich zu wissen. Man sollte ihn nicht der Täuschung zeihen, er meint es wirklich so; höchstens der Selbsttäuschung – wer kann schon hundert Seelen einsammeln, die auf der gleichen Welle senden und empfangen?

Es gibt andere, die sagen: Hast du so viele Freunde wie Finger an einer Hand, ist es genug. Und sie alle, die mit den fünf und die mit den hundert Freunden, wissen erst nach Schicksalsschlägen und ihrer Bewältigung, aus welchem Stoff die Freundschaft gemacht war, an die wir nicht selten unser ganzes Herz gehängt haben.

Dieses Geben und Nehmen, dieses Wechselspiel der Gefühle und Taten: Wie oft gerät es aus der Balance! Selbst Freunden gegenüber halten wir doch nicht alle Zusagen ein. Wie oft versprechen wir, um das mindeste zu nehmen, daß wir uns in Kürze melden werden. Wir notieren auch den Namen, man will auch anrufen, verschiebt das Telefonat, obwohl kein Leben so randvoll angefüllt sein kann, daß nicht ein paar Minuten übrig sind. Und schon geht das versprochene Gespräch im Zeitraffer des Tages verloren.

Nur in stillen Stunden fragen wir uns: Warum habe ich mich eigentlich nicht gemeldet? Ist die Freundschaft doch nicht so dringlich, wie ich mir einbilde? Oder fehlt mir die innere Kraft, mich auf den anderen einzulassen, und was bedeutet dann diese Freundschaft? Diene ich mich gar mit meiner Freundschaft an, ohne daß sie ernsthaft gewünscht wird?

Ja, Freundesland ist ein rätselhaftes Land, das wir mit all unserer Sehnsucht suchen, in dem wir heimisch sein möchten, keine Asylanten, keine Ausgestoßenen. In einem Gebet an Gott schreibt der Dichter Antoine de Saint-Exupéry: »Du weißt, wie sehr wir der Freundschaft bedürfen. Gib, daß ich diesem schönsten, schwierigsten, riskantesten und zartesten Geschenk des Lebens gewachsen bin.«

Und in einer kleinen Schrift schildert er das ebenso erregende wie wunderbare Gefühl, wenn du ein Telegramm bekommst, das dich zwingt, mitten in der Nacht aufzustehen und zum Bahnhof zu eilen, denn der Text des Telegramms lautet: »Komm schnell, ich brauche dich.« Und dann folgt der Satz, der einer kopernikanischen Wende bei der Betrachtung von Freundschaft gleicht: »Leicht finden wir Freunde, die uns helfen, schwer verdienen wir jene, die unsere Hilfe brauchen.«

Denken wir mal heute eine Sekunde darüber nach, machen wir den Freundschaftstest: Von wem könnten wir ein Telegramm wie dieses bekommen? Wer braucht uns wirklich, und wer würde sich trauen, uns dies auch wissen zu lassen?

»Bitte, bitte nicht auflegen«

Der alte Herr war in seinen tiefsten Tiefen ganz jung. Seine Neugier auf diese Welt, die Menschen und die Ereignisse, die uns alle bedrängen und verändern, blieb ungebrochen. Er wollte nicht, daß etwas verlorenging, was ihm von anderen zugedacht war, weshalb er auf seinen Anrufbeantworter einen Text gesprochen hatte, den ich nie vergessen werde.

Dieser Text besagte, daß er sich über den Anruf freue, daß man »bitte, bitte nicht auflegen« möge, nur weil er im Augenblick nicht selbst am Apparat sein könne. Vielmehr bat er fast flehentlich darum, nach dem Piepton Namen und Telefonnummer auf das Band zu sprechen, er würde unbedingt zurückrufen; »versprochen ist versprochen«, das sagte er auch noch.

Weil seine Botschaft sehr viel länger dauerte als allgemein üblich – manche blaffen ja nur ein »bin nicht da, rufen Sie bitte wieder an« –, kam ich manchmal in die Versuchung, den Hörer aufzulegen. Aber ich tat es nicht.

Denn seine Stimme hatte etwas so Suggestives, daß ich es einfach nicht wagte, seine Ansage abzuschalten. Vielmehr hielt ich geduldig aus, denn sein »bitte, bitte nicht auflegen« signalisierte mir: Er wollte nichts von dem verlieren, was menschliches Leben ausmacht – die menschliche Begegnung, und sei es auch nur eine Begegnung per Telefon.

Er war überhaupt ein »großer Telefonierer«. Das ist nicht jeder von uns, nicht jeder kann seine Empfindungen so spontan und unverfälscht über den Draht schicken, wie es die großen Telefonierer können, zu denen er ganz ohne Zweifel gehörte.

Es begann schon damit, daß er sekundenschnell spürte, in welcher inneren Verfassung derjenige sich gerade befand, der sich da meldete – war er heiter oder traurig, melancholisch oder fröhlich?

Und dann brachte er sofort das Gespräch in jene Tonlage, die gerade vonnöten war. Und immer stellte er sofort Fragen, die mir zeigten: Er interessiert sich für dich. Wer tut das heute noch? Wer will wissen, wie es dir wirklich geht?

Deshalb habe ich nach dem Piepton auch immer wenigstens eine kurze Information über mich gegeben, damit er, wenn er zurückrief – was er auch immer tat, denn »versprochen ist versprochen« –, schon vorher wußte, wie es um mich bestellt ist.

Ich sagte schon, daß mein Freund ein alter Herr war, so über die Achtzig, aber das war mehr eine Sache des Kalenders. Nur manchmal schimmerte das Alter durch, wenn er ganz tief in den Keller seiner Erfahrungen stieg – erster Weltkrieg, Inflation, Diktatur, zweiter Weltkrieg – aber er holte dann keine verstaubten Requisiten hervor, sondern verwandelte seine Erlebnisse in Erfahrungen, die er ebenso einfach wie kunstvoll in Beziehung setzte zu dem, was heute um uns herum und – schlimmer noch! – mit uns passiert.

Dieses intellektuelle Verknüpfen lag ihm so im Blut, daß er sogar bei Telefonaten nicht darauf verzichtete; es gab kein telefonisches Blabla, nur weil es ein Telefonat war.

Vor ein paar Tagen nun schloß er in einem Krankenhaus für immer die Augen. Ich rief sofort bei seiner Frau an, vergebens. Sie war schon unterwegs zu den Behörden und zum Beerdigungsinstitut. Aber sein Band lief noch immer, als sei nichts geschehen. Ich möge »bitte, bitte nicht auflegen«, hörte ich, und er würde unbedingt zurückrufen, »versprochen ist versprochen«, die alte vertraute Melodie.

Diesmal habe ich den Piepton nicht abgewartet. Das kleine technische Wunderding mit der Stimme des toten Freundes erschien mir plötzlich seelenlos und grausam, obwohl es mir doch all die Jahre seine Zuneigung und damit ein Stück Welt erschlossen hatte.

Brücken über die Einsamkeit

Brief an eine Freundin, die ihren Mann wieder hinbiegen wollte

Liebe Freundin, es wird Sie vielleicht verwundern, wenn ich Ihnen sage, daß mich Ihr Anruf gestern nicht überraschte, daß ich die Trennung habe kommen sehen, obwohl in der Fassade Ihrer Ehe keine Risse erkennbar waren, nichts, was auf den Zerfall hindeutete, das muß ich zugeben.

Um genau zu sein: Es war nur ein einziger Satz, den Sie – mehr beiläufig – fallen ließen, als wir uns vor einigen Wochen auf der Straße trafen. Sie erinnern sich? Sie sagten damals, Sie hofften, Ihren Mann wieder »hinbiegen« zu können, Ihr Zusammenleben sei nicht mehr so wie früher, aber Sie würden es schon schaffen – ja, »hinbiegen«. Ein verräterisches Wort, ein elastisches Wort, aber auch ein brutales Wort, bei aller Geschmeidigkeit, die da mitschwingt.

Wenn ich mich in meinem Bekanntenkreis umschaue, so sehe ich, daß selbst dort, wo himmelhochjauchzende Liebe in eine Ehe mündete, das Scheitern zur Alltäglichkeit geworden ist. Jede Scheidung ist eine weitere Ziffer in der Statistik, die nur beweist, daß zu viele Menschen mit einer Kostbarkeit nicht mehr zurechtkommen: der Liebe füreinander.

Die Ursachen haben keinen gemeinsamen Nenner, das macht es so schwierig, zu raten, zu trösten. Auch die Lektüre aller Aussagen, die von klugen Menschen zu diesem unerschöpflichen Thema je gemacht worden sind, kann nur dann hilfreich sein, wenn die dargebotene Lebensweisheit zufällig auf den eigenen Fall zutrifft, wenn man sagen kann: Ja, genau so ist es bei mir.

In Ihrem Fall, der von außen betrachtet so gar nicht dramatisch wirkt, weil es bisher keine Szenen einer Ehe gegeben hat, fällt mir nur auf, daß Sie den Status retten wollten, notfalls auch durch das »Hinbiegen« Ihres Mannes.

Ich kann mir vorstellen, daß Sie ein Opfer jener Strömung geworden sind, die heute so in Mode gekommen ist: die »Alles-ist-möglich-Philosophie«. In immer neuen Wellen umtost uns diese Botschaft: Geh deinen Weg; laß dich nicht beirren; folgt dir dein Partner nicht, laß ihn fallen; und wenn du eine Frau bist, sei »stark«, in jedem Magazin kannst du nachlesen, wie man das macht.

»Unsere Meinung, daß wir das andere kennen, ist das Ende der Liebe«, schrieb Max Frisch. Und wenn uns eine Liebe irgendwann enttäuscht, wenn wir müde geworden sind, das erregende Rätsel auszuhalten, das jeder Mensch und vor allem jeder Partner für uns darstellt, wenn wir nicht mehr die Kraft in uns spüren, auf weitere Veränderungen und Verwandlungen einzugehen, die uns der Partner zumutet, dann kann man natürlich auf die Idee verfallen, den Partner wieder »hinzubiegen«, damit er wieder so sei wie früher.

Aber genau das ist der Fehler, sagt der Dichter. »Man macht sich ein Bildnis; das ist das Lieblose, der Verrat.« Das sind keine zarten Worte, gewiß nicht, aber ich denke, Sie sollten aus Ihrer Ehe etwas für die Zukunft hinüberretten, was man nur durch eigene Erfahrungen, durch schmerzhafte Trennung für sich gewinnen kann.

Und das ist die Erkenntnis: Ich muß den Menschen, den ich liebe, jeden Tag neu sehen. Ich muß ihm die Chance zugestehen, morgen nicht wie heute zu sein. Die Bilder der Vergangenheit lassen sich nicht zurückholen. Und einen Menschen so »hinbiegen« zu wollen, daß er in den Rahmen paßt, den ich für ihn bereitgestellt habe, das ist entweder Verzweiflung oder Hochmut. Dazu sollte man sich, ehrlich gesagt, auch zu schade sein.

»Ich bin irgendwie deutschlandmüde«

Wir sind die letzten Gäste. Morgen wird das kleine Hotel in Porto Ercole schließen ... Der Wirt hat schon die Liegen weggeräumt. Den Winter wird er im nahen Florenz verbringen, bei der Familie. Er stellt uns noch einen Krug Chianti auf den Tisch. Spätes Ende der Saison.

Noch einmal zaubert der italienische Abend jene Stimmung herbei, die wir in diesem Land so lieben. Ein warmer Wind streicht vom Meer herüber. Die Seele fühlt sich um Jahre verjüngt. Aus dem Radio erklingt Eros Ramazotti. Mein Gott, haben diese Burschen Namen! Eros, ich bitte Sie!

Die Leichtigkeit, die Heiterkeit des Abends könnte Mitternacht überdauern, wäre da nicht plötzlich ein Wort gefallen, ein neues, nie gehörtes Wort, das uns alle innerhalb von Sekunden in die Tiefe zieht.

Ein Mann in unserer Runde, etwa um die Fünfzig, ließ plötzlich den Stoßseufzer los: »Wenn ich daran denke, daß ich morgen wieder bei Kälte über den Kölner Domplatz ...«, dann hielt er inne, als wollte er diesen Gedanken zurückreißen, aber da hatte ihn die Melancholie des Abschieds schon eingeholt: »Also, um es kurz zu sagen, ich bin irgendwie deutschlandmüde.«

Da war dieses Wort! Diese zusammengeschweißten beiden Wörter. Es war, als sei plötzlich ein kalter Wind auf der Terrasse.

Ob wir gelesen hätten, fragte er nun, was ein deutscher Richter kürzlich im Prozeß gegen Peter Graf über Italien gesagt habe? Wohlgemerkt ein deutscher Richter, der doch für Urteile und nicht für Vorurteile zuständig ist. Der Richter habe doch wirklich gesagt, nachdem gewisse undurchsichtige und steuermindernde Absprachen mit dem Finanzamt zur Sprache gekommen waren, die für jeden kleinen Steuerzahler unerreichbar blieben: »Das sind ja italienische Verhältnisse.«

Er würde, sagte der deutschlandmüde Mann weiter, immer ganz allergisch reagieren, wenn jemand etwas auf sein geliebtes Italien kommen ließe. Natürlich, da gebe es die Mafia, politischen Sumpf, Korruption. »Aber wenn wir schon von Verhältnissen reden, und zwar nicht im Zusammenhang mit Amore, sondern mit Politik und Justiz, wie sieht es denn da eigentlich bei uns in Deutschland aus? Haben wir wirklich so eine weiße Weste? Gibt es nicht längst auch ›deutsche Verhältnisse‹?«

Er hatte sich inzwischen so in Rage geredet, daß seine Frau ihn beschwichtigen mußte: »Jetzt reg’ dich mal wieder ab, deine ganze Erholung geht ja flöten.«

»Ist doch wahr«, kam sein Echo, »bei uns darf ein fünffacher Frauenmörder frei herumlaufen und ohne Aufsicht Pornohefte einkaufen gehen, während Steuersünder in Fußfesseln zum Zahnarzt geführt werden. Bei uns wird Raub härter bestraft als Vergewaltigung. Bei uns wird ein 17jähriger, der gerade einem 18jährigen ein Butterfly-Messer ins Herz gerammt hat, nur weil ihm dessen Gesicht nicht paßte, nach der Verhaftung sofort wieder auf freien Fuß gesetzt. Bei uns darf man Soldaten Mörder nennen ...«

»Hör' endlich auf«, ging seine Frau wieder dazwischen, »es ist doch unser letzter Abend.« Es sei »typisch deutsch«, immer auf demselben Thema herumzuhacken, »dabei können wir doch sowieso nichts ändern«.

»Typisch deutsch«, das sei auch so eine Vereinfachung, das sei wie »italienische Verhältnisse«, grollte ihr Mann. »Im übrigen sind mir italienische Verhältnisse mit Sonnenschein immer noch lieber als deutsche Verhältnisse ohne Sonne.« Sprach's und verabschiedete sich.

Den Monolog, den er da gehalten hat, den werde ich vergessen. Aber das Wort »deutschlandmüde«, das hat sich bei mir eingehakt. Dabei hatte ich auf einen heiteren italienischen Abend gehofft, Palaver unter freiem Himmel, schwebend, frei von deutscher Erdenschwere. Aber diese verflixte Politik, sie holt dich leider überall ein.

Wer selbst erscheint, den bestraft das Telefon

Wenn ich bei dem griechischen Tragödiendichter Euripides den Satz lese, »Hohen Sinn bekundet es, Taktlosigkeit gelassen zu ertragen«, dann steht zumindest eines fest: Dieses menschliche Übel gab es schon vierhundert Jahre vor Christus, und es hat sich leider nichts daran geändert, so sehr sich die Menschheit in zweitausend Jahren um Vervollkommnung auch bemüht haben mag.

Um genauer zu sein: Euripides schrieb diesen Aphorismus, als es ein Marterinstrument noch gar nicht gab, das heute zumindest meine Nerven immer wieder blank legt. Es ist a) das Telefon und b) die Steigerung: das Handy.

Wie so oft im Leben, kommt man erst in der totalen Ruhe dahinter, was einem im Leben so alles an Taktlosigkeit zugemutet wird. In meinem Fall geschah es beim Arztbesuch, als mich die Helferin mit dem Hinweis in einen halbdunklen Raum führte: »Der Doktor kommt sofort.« Der Arzt kam noch lange nicht: Er telefonierte im Nebenzimmer.

Ich fröstelte inzwischen, Oberkörper frei, auf einer Liege vor mich hin, bis der Meister schließlich mit einem saloppen »Dann wollen wir mal« auftauchte. Gleichzeitig begann er auch schon, mich mit einer Art Bohnerwachs einzuschmieren, irgend etwas Kühles für das, was nun kommen sollte: eine Sonographie des Herzens. Meines Herzens!

In diese erste ärztliche Verrichtung hinein ertönt von nebenan ein Schrillen – das Telefon. Er wird es klingeln lassen, denke ich. Die Helferin wird sagen, daß der Doktor im Moment nicht zu sprechen ist. Er wird mich nicht mit dem kühlen Gelee auf der Haut hier liegen lassen. Nein, er wird es nicht wagen!

Von wegen! Der Doktor schnellt hoch, rennt doch tatsächlich nach nebenan – zum Telefon. Er spricht, während ich vor mich hin fröstele. »Ich bin doch auch noch da«, möchte ich am liebsten rufen. Aber wer traut sich das schon, wenn er hingestreckt auf das Urteil des Halbgottes in Weiß wartet?

Dann, Minuten später, kommt er zurück, stellt den Apparat an, zeigt mir im fahlen Licht ein zuckendes Etwas – mein Herz. Es zappelt gewaltig, ich hätte mich doch nicht so ärgern sollen. In diesem Augenblick erscheint, wie ein Schatten, die Helferin, reicht dem Doktor ein Gerät. Ich denke, er wird damit meine Herztöne abhören – doch in Wahrheit ist es etwas anderes – ein Handy.

Während der Arzt eine Art Sonde auf meinem Brustkasten entlanggleiten läßt, plaudert er – aber nicht mit mir, sondern mit einem anderen Menschen, der sich am Telefon dazwischengeschoben hat. »Ein Patient von auswärts«, sagt er am Schluß, es soll wohl eine Entschuldigung sein. Hätte ich ein Hemd an, mir wäre längst der Kragen geplatzt.

Die Frage, die ich mir auf dem Heimweg stellte,

lautet ganz schlicht: Warum müssen wir eigentlich immer wieder erdulden, daß jemand, der telefoniert, bevorzugt und schneller abgefertigt wird als ein anderer, der persönlich erschienen ist?

Kürzlich berichtete beispielsweise ein Ausländer, der Verkäufer in einem Autosalon hätte ihn glatt stehen lassen, »mitten aus dem Gespräch heraus«, als das Telefon klingelte. »Nachdem ich drei Minuten wie ein begossener Pudel gewartet hatte, verließ ich den Laden voller Zorn. Ich wußte gar nicht, wie schwer es in Deutschland geworden ist, 60 000 Mark auszugeben.«

*

Die erste Regel für den taktvollen Umgang mit dem Telefon muß also heißen: Laß niemanden, der vor dir steht, über Gebühr warten, wenn jemand aus der Ferne anruft. Sage entweder: »Rufen Sie bitte wieder an.« Oder: »Ich rufe in Kürze zurück.«

Damit es nicht heißt: Wer selbst erscheint, den bestraft das Telefon.

»Immer schön auf dem Teppich bleiben«

Er sagt, er sei glücklich. Ja, er sei wirklich ganz tief innen ganz glücklich. Dabei schlägt er sich zufrieden auf seine Brust. Er kommt gerade von einem Jubiläum, vierzig Jahre ist er nun in der Firma. Vierzig Jahre, »du hältst es im Kopf nicht aus«, aber er sei glücklich, er wiederholt es. Ich muß sehr ungläubig dreingeschaut haben, daß er mir dasselbe mehrmals sagt.

Vor einer Stunde war er noch auf dem Fest, auf »seinem« Fest, das die Direktion für ihn ausgerichtet hat – vierzig lange, tolle, schöne Jahre. Und das in einer Zeit, in der Treue ganz klein geschrieben wird, so klitzeklein, daß man es kaum lesen kann, und Firmentreue erst recht.

Sobald ich einen solch glücklichen Menschen treffe, horche ich hin, stelle ich Fragen, möchte ich sein Rezept kennenlernen, vielleicht kann man für sein eigenes Glück etwas lernen, irgendeinen Trick oder – von mir aus – irgendeine Lebensphilosophie.

Denn Glücklichsein, das ist etwas! Reichsein ist nicht Glücklichsein. Wir kennen doch die Tränen in den Luxusvillen, wir lesen doch von den Tragödien in den Schlössern. Gesundsein, das ist schon mehr. Und doch: Wie viele Menschen laufen uns über den Weg, gesund und putzmunter, die trotzdem, weiß der Himmel warum, nicht glücklich sind.

Ich frage ihn also, den Herrn Abteilungsleiter in einem großen Handelskontor, der sich im Mittelfeld der Hierarchie mit tausend Problemen des Alltagsgeschäfts herumschlägt, wie er es geschafft hat, so glücklich zu sein.

Er war noch ganz erfüllt von den Lobpreisungen, die soeben an sein Ohr gedrungen waren. Der Chef hatte ihn in seiner Tischrede sogar als Seele der Firma bezeichnet – »Seele der Firma, das ist schon ein erstaunliches Kompliment«. Nun wollte er den Trubel und Jubel der letzten Stunden bei einem Glas Wein in Ruhe ausklingen lassen.

Und er verriet mir: Dem Karrieresprung, dem sei er immer ausgewichen, diesem Panthersprung in neue Geschäftsfelder. Das hätte für ihn bedeutet: größeres Zimmer, vier Fenster statt drei, aber keinerlei Publikumsverkehr, »den brauche ich aber wie die Luft zum Atmen«. Dafür hätte er sich eingehandelt: die Abgeschiedenheit der Macht, Entscheidungen nach Aktenlage, Konferenzen mit den subtilen Überlebensstrategien. »Ich kenne einen Kollegen, der hatte sich im Vorstand mit einem einzigen falschen Satz um Kopf und Kragen geredet.«

Nein: Er kenne seine Grenzen. »Immer schön auf dem Teppich bleiben.« Einmal wollte ihn sein Chef sogar ins Ausland schicken, ein Posten irgendwo weit weg von der Zentrale. Da hätte es glatt das Doppelte gegeben und einen Mercedes als Dienstwagen, »nicht so was Mickriges, wie ich es jetzt fahre«. Aber er hatte nur den Kopf geschüttelt: »Kann ich meine Kunden dahin mitnehmen?« Da wußte der Chef: Bei ihm war nichts zu machen.

Und nun saß er hier und wiederholte, er sei tief innen ganz glücklich. Sogar die ehemaligen Chefs, die nicht vierzig Jahre dabei waren, weil sie mit goldenem Handschlag vorzeitig hinauskomplimentiert worden waren, schickten Blumen, Briefe, Geschenkkörbe. Einer von ihnen telegraphierte: »Sie haben es richtig gemacht, ich bewundere Sie.« So ein Lob kann man sich nicht einmal für Geld kaufen.

Selbstverständlich habe er, wenn Kollegen an ihm vorbeizogen, manchmal schon gedacht: Und ich? Geht's nicht auch für mich ein bißchen höher? Mehr Geld, mehr Macht, mehr Dabeisein in der Velours-Etage?

»Aber dann sah ich, wie die Herren nach endlosen Sitzungen zu uns kamen, um einmal durchzuatmen. Da wußte ich: So komisch es klingt, man kann auch schon auf dem Weg nach ganz oben schön tief fallen. Nein, nein, sich selbst treu bleiben, das ist das ganze Geheimnis. Laß uns darauf einen trinken.«

Venedig aber kann nicht schöner werden

Mein erster Gedanke, schon bei der Ankunft: Mein Gott, warum habe ich Venedig so lange links liegengelassen? Da düst man um den Globus, auf der Suche nach der vollendeten Schönheit, dem Glanz, dem Zauber gar, der sich in der Natur, in Schlössern und Kirchen offenbart – und hat dabei La Serenissima praktisch vor der Haustür.

Und siehe da: Venedig steht noch immer. Es ist nicht vom Schlamm niedergewalzt. Die morschen Pfähle halten. Die Dämpfe aus dem Canale Grande sind nicht so faulig, daß Gasmasken verteilt werden müßten. Die Menschen haben die Steine des Dogenpalastes noch nicht weggeatmet, wie es bei den Pyramiden schon geschehen sein soll. Und die Gondeln tragen auch keine Trauer, sondern sie schippern vergnügt und vollbeladen durch die Kanäle.

In der Confetteria Lavene auf jener Seite des Markusplatzes, wo die Sonne ein Abonnement hat, ist der wasserdünne Cappuccino für fünfzehn Mark zwar eine Frechheit, aber dann hört man, daß fünf Mark davon für die Musik sind.

Und schon ist man versöhnt: So spielte man den Wiener Walzer schon, als unsere Großeltern einmal im Leben – bei ihrer Bildungsreise – hier Station machten. Und diese Tradition ist es, die wir suchen.

Bloß keine Veränderungen. Ein inbrünstiges Gebet für diese Stadt, die wie ein Gegenpol wirkt inmitten einer veränderungswütigen Welt, in der alles noch schöner und noch besser werden soll.

Venedig aber kann nicht schöner werden. Nicht erhabener. Nicht würdiger. Es ist, wie Goethe in seiner *Italienischen Reise* im September 1786 notierte, »ein großes respektables Werk versammelter Menschenkraft«.

Irgendwie müssen die Menschen in früheren Zeiten andere Menschen gewesen sein. Unvorstellbar, daß wir heute auch nur ein einziges Juwel dieser Art hinstellen könnten. Wir hätten dafür vielleicht noch das Geld, die Maschinen. Aber der Geist, der ein solches Zeugnis »versammelter Menschenkraft« schaffen könnte, der ist im Zeitgeist des »Was ist drin für mich?« sang- und klanglos untergegangen.

*

Ich höre, wie auf der Rialtobrücke eine ältere Dame zu ihrer Begleiterin seufzend sagt: »Wenn nur die Hälfte der Menschen hier wäre, dann wäre Venedig doppelt so schön.«

Die Dame hat recht. Daß die Stadt nicht allein durch das Gewicht der einströmenden Touristen zusammenkracht, ist ohnehin ein physikalisches Wunder. Und Touristen sind sowieso immer die anderen.

Als der vierte Film in meiner Autofocus-Alleskönner-Kamera zurückschnurrt, denke ich: Eigentlich möchte ich die Schönheit dieser gefährdeten Stadt viel lieber malen.

Ja, Venedig weckt schlummernde Sehnsüchte. Ein Jahr mit Staffelei, Leinen und Farben, das wäre es! Man wird ja einmal träumen dürfen, deutscher Reisender mit dem Rückflugticket in der Tasche, der man ist. Ist das Rückflugticket nicht so etwas wie ein Ausweis fürs Deutschsein, fürs Angebundensein?

Der Abschied kommt nach einem köstlich leichten, weinseligen Mittagessen in der Locanda Cipriani auf der verwunschenen Insel Torcello, die eine sausende halbe Stunde Motorbootsfahrt von Venedig entfernt liegt und wo der liebe Gott bestimmt einmal nach dem Rechten gesehen hat, denn eine solche Insel gibt es eigentlich nur im Meer der Phantasie.

Es soll Menschen geben, die nie mehr nach Venedig fahren, weil der Trennungsschmerz von Mal zu Mal größer – und schließlich unerträglich – wird. Ich glaube das. Ich kann es verstehen.

Venedig sagt dir nämlich mehr als jeder andere Ort auf der Welt, wer du zutiefst in deiner Seele wirklich bist und was dir fehlt zum irdischen Glück.

Ein Anruf in Israel ist nie ein Gespräch wie andere

Eines Abends vor ein paar Tagen. Plötzlich ist der Gedanke da, endlich Francis anzurufen, seine Stimme zu hören, ihn zu fragen, wie es ihm geht in Tel Aviv, wo er seit Jahrzehnten lebt, nahe dem Meer – und nahe der stets tödlichen Gefahr.

Oft habe ich an den alten Kollegen gedacht, seit ich vor Jahren zuletzt mit ihm am Strand entlangging, bevor ich zum Flughafen fuhr. Ein Abschied, bei dem ich versprach: »Im nächsten Jahr komme ich wieder.« Was man so hofft, wenn Tage zu Ende gehen, in denen es das seltene Glück der Übereinstimmung gibt.

Es wurde nichts aus der Reise, auch die Telefonate wurden seltener, obwohl ich sehr oft, wenn Israel in die Schlagzeilen geriet, an Francis erinnert wurde. Dann notierte ich seinen Namen auf einem kleinen Zettel. Aber aus Gründen, die ich nie verstehen werde, unterblieben die Gespräche. Gab es Wichtigeres? Gab es Naheliegenderes? Ich weiß es nicht. Tel Aviv kann warten, da kann man ja auch noch morgen anrufen oder in einer Woche ... So mag ich gedacht haben in all der Zeit.

Bis sich jetzt das Gefühl hatte, endlich telefonieren zu müssen. Da ich mein privates Adressenbuch nicht bei mir hatte, erbat ich bei der Fernauskunft die

Nummer, die schwer zu finden war, die Dame mußte sogar in Israel nachfragen, sie gab mir dann vier
Nummern zur Auswahl, »eine müßte die richtige
sein, ich wünsche es Ihnen«.

So viel Mühe hatte ich bei der Telekom noch nie
erlebt. Lag es daran, daß es sich um einen Anschluß
in Israel handelte? Oder daran, daß die Beamtin
spürte, wie wichtig mir dieses Telefonat war?

Gleichviel, die Verbindung klappte, Francis war
sofort am Apparat. Ich konnte meine Frage nach seinem Befinden, seiner Gesundheit, überhaupt nicht
stellen, weil er mir zuvorkam. Typisch für ihn. Das
Mitgefühl für andere Menschen ist wohl doch eher
dort zu Hause, wo die Überlebenden das Wunder des
Lebens selbst so intensiv spüren, wie wir es uns in
unserer friedlichen deutschen Normalität kaum vorstellen können.

Es sei für ihn eine so große Freude, daß ich gerade
in diesen Tagen anrufen würde, sagte er nun, eine Bemerkung, die ich nicht verstand. Was konnte ihm
mein Telefonat schon bedeuten, das ich immer auf
die lange Bank geschoben hatte, unverzeihlich, wie
ich jetzt weiß.

Israel feiert doch jetzt seinen fünfzigsten Geburtstag, sagte er nun, und ein bißchen Stolz klang da heraus. Ob ich das nicht wüßte? Da sagte ich, ich hätte
davon gelesen, aber momentan nicht daran gedacht.
Nein, ich riefe einfach so an, ohne einen direkten
Anlaß.

Francis hatte seine Feststellung ganz unpathetisch

getroffen, mehr so in dem Sinn: In solchen bewegenden Tagen wie diesen tut ein Anruf aus Deutschland besonders gut.

Über die paar Wehwehchen, die ihn zwicken, wollte er nicht reden. Viel wichtiger sei doch, wie es weitergeht, wenn Deutschland noch mehr als jetzt in Europa integriert ist – was bleibt dann noch von unseren »besonderen Beziehungen«? Und schon war er wie elektrisiert bei der Politik gelandet.

Je länger er sprach, desto stärker wurde mein Wunsch, einmal wieder rüberzufliegen, und sei es nur, um endlich Jerusalem wiederzusehen.

»Dann kommen Sie doch«, sagte Francis. »Was steht dagegen?«

Ja, was steht eigentlich dagegen? Ich weiß auch nicht, warum man die wichtigen Dinge so oft zugunsten der unwichtigen Dinge verschiebt. So wie auch dieses Telefonat. Die Freude, die ich bei Francis mit meinem Anruf auslöste, kann nicht größer gewesen sein als meine eigene Freude darüber, endlich die dreizehn Ziffern nach Tel Aviv gewählt zu haben.

Und ganz nebenbei machte ich wieder die geheimnisvolle Erfahrung, daß selbst private Gespräche keine Gespräche wie alle anderen sind, wenn sie mit Menschen in Israel geführt werden.

Da wußte sie plötzlich, daß sie wirkliche Freunde hatte

Sie hatte beschlossen, niemandem etwas davon zu erzählen, daß sie nun für ein paar Tage in die Klinik mußte, ein kleiner Eingriff, »es wird schon gutgehen«, niemand sollte mit ihr leiden, sich um sie bemühen, um sie gar zittern, sie wollte es mit sich selbst abmachen, diese Operation, diese unvermeidliche Operation, die zwar nach den Lehrbüchern der Schulmedizin nicht gefährlich sein sollte, aber sagen nicht selbst Ärte, wenn sie abends in privater Offenheit von ihrem Beruf erzählen, daß eine Operation immer eine Operation ist, und das Weitere möge sich jeder selber denken ...

Die junge Frau hielt ihr Schweigen auch durch. Das Telefon zu Hause war auf Anrufbeantworter geschaltet. Den Freunden fiel zunächst nichts auf, die Frau war oft auf Reisen, da hatte man schon Glück, wenn man sie am Apparat persönlich erreichte: »Ach, dich gibt's auch noch«, hieß es dann.

Dieses »Aus-der-Welt-sein«, zu dem sie sich entschlossen hatte, dauerte genau fünf Tage, bis hinein in einen Sonntag, da ihr Mann zu Hause einer vorüberziehenden depressiven Stimmung nachhing, als ihn ein Anruf eines Freundes erreichte und er auf seine Frage: »Wie geht es deiner besseren Hälfte?« von der Klinik erzählte, von der Operation, von dem

Tanz auf dem Drahtseil, das die Medizin spannt, »und es ist Gott sei Dank nochmal gut gegangen«.

Er hatte die Bitte seiner Frau nach Verschwiegenheit für einen Augenblick vergessen, er hatte ihr Geheimnis verraten, er hielt es aber auch nicht mehr für angebracht, länger zu verheimlichen, was ja keine Schande ist – ist Krankheit nicht Schicksal? Und wer kann schon etwas für sein Schicksal, wenigstens in dem Teil des Lebens, da Schicksal wirkliches Schicksal und nicht etwa Leichtsinn, Dummheit oder Hochmut ist.

»Wie konntest du das für dich behalten?« blaffte ihn sein Freund an. »Ich verstehe euch nicht, deine Frau in der Klinik, du alleine zu Haus, und du meldest dich nicht. Man kann deiner Frau keine Blumen schicken, keine Genesungswünsche und dir nicht einen deiner dummen einsamen Abende mit einer Einladung verschönern, ja, sag mal, sind wir denn keine Freunde mehr? Womit haben wir denn das verdient?«

In den folgenden Tagen machte die Nachricht von der Operation der Frau die Runde im Freundeskreis, und es hagelte Vorwürfe: So könne man doch nicht miteinander umgehen, diese selbstgewählte Isolation käme einer Bankrotterklärung gleich, zur Freundschaft gehöre doch, daß man nicht nur die fröhlichen Stunden miteinander teile, sondern auch die schweren Stunden. »Irgendwie schade, dieses Versteckspiel.«

Das Paar, das sich eingekapselt hatte, um anderen

nicht zur Last zu fallen, um nicht Mitleid zu mobilisieren, sah sich plötzlich von einer Mauer umstellt.

Zu den telefonischen freundschaftlichen Beteuerungen (»Mir hättest du doch etwas erzählen können«; »haben wir nicht ein Recht, zu erfahren, wenn ihr Probleme habt?«) kamen noch eine Handvoll Briefe, die die Frau zu Hause vorfand.

»Wir müssen etwas unternehmen«, sagte ihr Mann, als sie abends die Erfahrungen der vergangenen Wochen durchsprachen. »Wir müssen unseren Freunden begreiflich machen, daß wir sie nicht mit allem, was mit Krankheit und Krankenhaus zusammenhängt, behelligen wollten — eigentlich doch ein Zeichen wahrer Zuneigung und Freundschaft.« Und so begann die Frau, reihum ihre Freundinnen und Freunde anzurufen.

Und was soll ich berichten? Es gelang ihr nicht! Es gelang ihr nicht ganz. Alle sagten, diesmal wollen wir noch Gnade vor Recht ergehen lassen, das nächste Mal aber gibst du Bescheid, wenn es dir schlecht geht.

*

Da ging ihr ein Licht auf, das sie bis dahin nicht gesehen hatte: Sie wußte plötzlich, daß sie wirkliche Freunde um sich hatte, die nicht nur auf den Zeiger der Sonnenuhr schauen, sondern die auch den dumpfen Schlag des Uhrwerks hören wollen, wenn sich die Zeiger einmal in Richtung Krankheit, Not und Schicksal stellen.

»Im Deutschen lügt man, wenn man höflich ist«

Ich mag das Wort »König Kunde« nicht. Ich mag Könige im Märchen, in den Schlössern – wenn ich durch Herrenchiemsee laufe, würde ich schon mal gerne einen leibhaftigen König im Spiegelsaal hinter einem Kandelaber sehen, und am liebsten natürlich den schwermütigen Ludwig II., so weit geht meine Abneigung nicht, wenn es um blaues Blut und Hermelin geht.

Aber wieso bin ich König, wenn ich ein Kaufhaus betrete, mich an den Tischen und Regalen drängele und herumschubsen lasse? Oder wenn ich dann in dem Irrtum, im Fachgeschäft gnädiger behandelt zu werden, den Schauplatz wechsele, um auch dort zu erdulden, daß die Verkäuferinnen ungeniert weiter Telefongespräche über die nächste Urlaubsverabredung führen?

Nein, ich bin zumeist kein König, sondern das Schlußlicht in der Kette der Wertschöpfung: der End-Verbraucher. In diesem Wort steckt schon soviel Trostlosigkeit, daß bei seinem Klang Melancholie aufsteigt wie Nebelschwaden an der Nordsee im November.

Ich bin auch kein König, wenn ich Handwerker rufe – von Ausnahmen immer abgesehen – und schon beim Anfahrtsgeld auf der Rechnung zusammenzucke, als hätte ich einen elektrischen Schlag bekommen, was ich gerade mit Hilfe des Elektrikers vermeiden wollte.

Es hat genug Versuche von Psychologen, Soziologen und anderen »Ologen« aller Art gegeben, das Phänomen zu erklären, warum wir uns in Deutschland in einer Servicewüste befinden, deren Oasen als Geheimtips gehandelt werden. Mit dem vordergründigen Argument, wir Deutschen seien so sehr auf das Verdienen ausgerichtet, daß zum Dienen kein Platz mehr bleibt, ist es sicher nicht getan.

Vielleicht – vielleicht? – mag in der kühlen, ja »kalten« Gesellschaft, in der wir uns bewegen müssen, der eine Mensch den anderen so wenig, daß er am liebsten dem Wort eines Dichters folgt, der einmal schrieb: »Das Wichtigste ist für mich der Abstand zu anderen Menschen, möge er sich niemals verringern.«

Das wäre zwar ein trauriger und trostloser Befund, aber dann wüßten wir wenigstens, woran es liegt.

Nachdem ich vor einigen Wochen in einem größeren Freundeskreis von meinem Arzt erzählte, der mich längere Zeit nach einer Operation anrief, um nachzufragen, ob meine Genesung gut vonstatten gegangen sei, und ich diese überraschende Fürsorge in der Nachsorge lobte, rief mich ein paar Tage später ein anderer Arzt an, um mir seine Erfahrung mit dem König, der Kunde und Patient zugleich ist, mitzuteilen – eine böse Erfahrung.

»Stellen Sie sich vor, ich treffe bei einem Empfang

ein Ehepaar. Die Frau war meine Patientin, ich hatte sie in meiner Klinik behandelt. Auf meine Frage, ob es ihr wieder gutgehe, fauchte mich ihr Mann sofort an – noch ehe sie überhaupt ein Wort sagen konnte: ›Lassen Sie mal, Herr Doktor, vergebliche Mühe, bei uns können Sie zur Zeit nichts verdienen.‹«

Eine flapsige Bemerkung, und für mich zugleich ein Spiegel unserer Zeit, in der sich das Geld wie ein Virus in alles und jedes eingenistet hat, sogar in die sensible Beziehung Arzt – Patient.

Nein, der König Kunde benimmt sich nicht immer majestätisch.

Als ich an der Kasse eines Warenhauses hörte, wie eine Verkäuferin freundlich einer Kundin ein schönes Wochenende wünschte, giftete die Frau zurück: »Sie waren wohl zu lange in den USA, Frollein« (wo das »have a nice day« zum Mindeststandard gehört, um das Miteinander leichter und angenehmer zu machen).

Vielleicht müssen wir, um der Sache endgültig auf den Grund zu gehen, nur aus dem *Faust* das vernichtende Diktum zitieren: »Im Deutschen lügt man, wenn man höflich ist.«

Annäherung an einen Mann, der auf dem Boden hockt

Erst wollte ich vorbeigehen. Einfach vorbeigehen. Ich hatte ihn schon von weitem gesehen. Aber ich beschloß, ihn zu übersehen. Nicht anzuhalten. Nicht meinen Obolus in seinen Hut zu werfen.

Dann hielt ich doch für einen Augenblick inne. Ein kalter Wind strich vom Dammtorbahnhof über die Brücke, die in Hamburgs City führt. Möchtest du hier sitzen? schoß es mir durch den Kopf, selbst wenn der Bettler ... Egal, es weihnachtete in den Straßen, und der Mann kauerte auf dem Boden. Hast du nicht eben erst einen der vielen vorgedruckten Spendenbelege ausgefüllt für irgendeine anonyme Institution, und hier sitzt ein Mensch, dem du in die Augen schauen kannst. Hilfe direkt.

Erstaunlich, dieses Wechselbad der Gefühle, wenn du dich einem Mann näherst, der bei zwei Grad minus auf dem Boden hockt. Der erste Gedanke: Soll er doch arbeiten! Der zweite Gedanke: Ist er vielleicht krank? Geht er anschließend mit deinem Geld doch nur einen saufen? Muß er gar einen Teil seines erbettelten Geldes an Erpresser abliefern? Schutzgelder, welch ein Hohn steckt allein in diesem Wort!

Also doch vorbeigehen, nicht hinschauen? Ich hatte schon meine rechte Hand in der Manteltasche, um eine Münze zu suchen. Der Mann hat es sicher

bemerkt – seltsam, ich hatte mich mit dem Fremden
innerlich schon eingelassen.

Ich blieb stehen. Da entdeckte ich vor seinem Hut
ein Schild mit der kühnen Aufschrift: »Besser betteln
als stehlen.« Ich warf meine Münze zu den drei anderen Münzen. Das war's. Genau besehen eigentlich
nur eine Streicheleinheit für das eigene Gewissen.

Aber dann kam wieder dieser Blick von unten, so
ein Blick aus einer fernen, anderen, düsteren Welt.
Warum er denn hier sitze, hörte ich mich fragen, und
war selbst darüber erstaunt, denn ursprünglich wollte
ich ja eigentlich nur vorbeigehen.

Nun hörte ich seine Legende im Stakkato: Frau
weg, Kinder weg, Arbeit weg, krankes Bein, Notquar-
tier, keinen Pfennig auf der Naht. – Kann stimmen,
kann auch nicht stimmen.

Und was bedeutet dieses Schild? Er wirkte fast
glücklich, daß er mir das Geheimnis erklären konnte:
»Wenn ich wegen Diebstahls nur einen Tag in Haft
bin, kostet das den Steuerzahler ein paar hundert
Mark, wenn ich bettele, verbrauche ich von den
Steuern, die Sie zahlen, keinen Pfennig, capito?«

Schlagartig hat mich dieser kurze Dialog im Vor-
übergehen darüber belehrt, sein »Geschäft« aus einem neuen, verblüffenden Blickwinkel zu sehen:
Bettelei als steuerschonendes Gewerbe. Sei froh, daß
ich hier ganz brav um Almosen bitte und deine Brieftasche nicht im Halbdunkel des Bahnhofs mit dem
Messer abkassiere.

»Eine interessante Perspektive«, sagte ich, nun

schon im Weitergehen. Und dann kam noch einmal von dem Mann da unten am Boden: »Wissen Sie, daß Sie der erste Mensch waren, der heute mit mir gesprochen hat? Dabei sitze ich hier schon drei Stunden.«

*

Es gibt einen ungeheuren Satz des Dichters Elias Canetti, wonach das Wichtigste im Umgang miteinander der Dialog mit Unbekannten ist, die man zum Sprechen bringen müsse: »Wenn einem das nicht möglich ist, hat der Tod begonnen.«

Laufen nicht unsere Gespräche wirklich zu oft zu lange auf den Geleisen des Gewohnten, auch des Abgenutzten? Erschöpft sich unser Vokabular nicht oft in der Routine? Treibt uns die Angst vor allem Fremden nicht in eine lebensverengende Isolation?

Ich bin mir sicher: Die zwei Mark für den Mann am Boden waren für ihn nicht so wichtig wie meine Frage, was die Schrift auf seinem Schild bedeute. Und seine erstaunliche Antwort war mir mehr wert als das Stück Geld.

»Glauben Sie mir, nichts ist selbstverständlich«

Am Münchner Hauptbahnhof. Klirrende Kälte. Der Atem wird sichtbar. Die Menschen gleiten wie Schemen hinein in das Halbdunkel des Abends. Ich warte auf einen Freund.

Plötzlich sehe ich eine alte Dame, die sich mit einem schweren Koffer abquält. Sie müht sich in Richtung Taxi. Ich zögere noch, ihr Hilfe anzubieten, die Warnung vor Fremden, die an den Bahnhöfen auf Beute warten, im Gedächtnis. Und – wer will sich schon eine Abfuhr holen?

Aber dann sage ich doch: »Kann ich Ihnen helfen?« Sie schaut mich an, als ob ich vom Mond komme.

»Das habe ich lange nicht gehört«, antwortet sie – und lächelt. »Ich sehe doch, wie schwer Sie schleppen«, sage ich nun wieder. So ziehen wir zum Taxi.

»Die paar Meter hätte ich auch so geschafft«, sagt die alte Dame nun, und ich antworte nur: »Daß ich Ihnen helfe, ist doch selbstverständlich.«

Mit dieser Feststellung muß ich etwas in ihr ausgelöst haben. Die Frau bleibt stehen, schaut mich von unten an, lächelt ein bezauberndes Lächeln und attackiert mich dann: »Sie irren sich, junger Mann, nichts ist heute mehr selbstverständlich. Nicht in dieser verrückten Zeit.«

Nun ist in meinem fortgeschrittenen Alter der
»junge Mann« sehr weit zurück, aber eine alte Dame,
die in puncto Höflichkeit sicher schon einmal besse-
re Tage gesehen hat, darf so reden, ich nehme dies als
Kompliment.

»Glauben Sei mir, nichts ist selbstverständlich, gar
nichts«, wiederholt sie nun fast beschwörend. »Es ist
eben nicht selbstverständlich, daß Sie mir helfen!
Und nicht, daß hier bei dieser Kälte noch ein Taxi
wartet. Nicht einmal, daß ich hier bin, ist selbstverständlich: Vor zwei Tagen lag ich nämlich noch in
einer Klinik.«

Der Taxifahrer hatte inzwischen den Koffer ver-
staut, die alte Dame kurbelt die Scheibe herunter, sie
beugt sich vor, sie will es ganz dringlich machen:
»Denken Sie immer an meine Worte. Nichts ist heute selbstverständlich. Ich weiß, wovon ich rede. Ich
habe es leidvoll erfahren. Aber wenn Sie das einmal
begriffen haben, lebt es sich leichter.«

Dann fuhr sie davon. Eine Episode, zwei Minuten
hat sie vielleicht gedauert, aber seltsam: Ihre Worte
klingen in mir nach. Ich kann die alte Dame und ihre
wunderbare Philosophie nicht mehr vergessen. Bisher hatte ich so vieles – wenn nicht gar alles – für
selbstverständlich genommen. Nun aber, beim Nach-
denken, erkenne ich die verborgene Wahrheit in
ihrer lapidaren Feststellung.

Es ist eben heute nicht selbstverständlich, daß dir
einer hilft. Daß ein Arzt am Wochenende den
Anrufbeantworter ausgeschaltet hat und kommt,

wenn dich Schmerzen plagen. Daß ein Beamter am Schalter die Akten zur Seite legt, sobald du dein Anliegen vorträgst. Daß der Lehrer dich rechtzeitig informiert, wenn dein Kind Sorgen macht.

*

Nichts ist selbstverständlich. Nicht einmal das, was eigentlich selbstverständlich sein sollte. Daß es, um bei diesem Beispiel zu bleiben, an den Bahnhöfen genug Gepäckträger gibt, die alten und kranken Menschen zur Hand gehen – bei vier Millionen Arbeitslosen doch eigentlich nicht zuviel verlangt.

Ja, mein Blick für das Selbstverständliche, das eben nach meinem neuen Verständnis nicht mehr selbstverständlich ist, wurde geschärft. Die Lebensphilosophie der alten Dame macht dankbarer – und glücklicher. Probieren Sie es heute gleich einmal selber aus.

Wer hört denn heute noch wirklich zu?

Er rief mich an, so ganz ohne Anlaß. Er sagte es auch: »Ich habe vor einigen Minuten an dich gedacht, und da griff ich spontan zum Telefon.«

Er wollte keinerlei weitere Begründung geben, der Wunsch, mit mir mal wieder zu sprechen, sei Grund genug. Muß denn alles im Leben zielgerichtet, durch Interessen motiviert sein? Genügt nicht dieses ganz einfache »einmal nur hinhören«?

Ich gebe zu, ich war überrascht. Es ist kostbar und selten, daß sich jemand nach dir erkundigt, einfach nur, »weil es dich gibt«. Lange hätte man nichts voneinander gehört, zu lange. Es war zur Adventszeit des vergangenen Jahres – ich weiß es deshalb so genau, weil er damals von mir wissen wollte, ob ich eine Geschenkidee für seine Frau hätte.

Wir sind, das muß ich erwähnen, Freunde aus lang vergangenen Zeiten, die ihre Freundschaft aber im dahinfliegenden Alltag nicht ausleben können. Eine Flugstunde ist zwischen uns, eine Tagesfahrt mit der Bahn. Als wir noch Tür an Tür in derselben Firma saßen, war es leicht, miteinander zu »kommunizieren«, wie man das neudeutsch nennt, dieses spielerische »Hallo, wie geht's?« auf dem Weg über die langen dunklen Korridore.

Und nun war er am Apparat. Einfach so. Beim

Blättern im Telefonbuch sei er auf meinen Namen
gestoßen, und da habe er gedacht: Diesmal verschie-
be ich den Anruf nicht.

Er fragte mit derselben Stimme wie damals auf dem
Korridor: »Hallo, wie geht's?« Und dann geschah das
Wunder: Während er damals eigentlich nur einen
knappen Satz als Antwort erwartete, ein kurzes »Geht
schon« genügte ihm völlig, war er diesmal richtig
neugierig: »Nun sag schon, wie läuft's bei dir?«

Und ich erzählte aus meinem Leben, drei Minuten,
vier Minuten, ich weiß nicht, wie lange, wohl viel zu
lange. Aber er unterbrach mich nicht. Nur als ich einmal kurz innehielt —»die Krankheiten lassen wir heute mal außen vor« —, da ging er doch dazwischen:
»Nun mach schon, ich will alles ganz genau wissen.«

Für Sekunden überfiel mich das schäbige Gefühl,
mit dem Vertrauen zu geizen, das er mir doch soeben
entgegengebracht hatte. Aber er hob mich mit seiner
Ermunterung über die Hürde, und, was soll ich
sagen, ich fühlte mich nach etwa zehn Minuten
glücklich, obwohl nichts geschehen war, außer daß
ich spürte: Da ist jemand an dir interessiert, einer, der
dir genau zuhört — wer hört denn heute noch wirklich zu?

Eigentlich kann es dir ja egal sein, ob jemand deine Geschichte erfährt oder nicht, noch dazu, wenn er
nicht in deiner Nähe wohnt, dir nicht helfen kann,
auch gar nicht helfen muß. Aber du spürst etwas anderes in diesen Minuten: eine geheimnisvolle Kraft,
die allein aus dieser Stille, aus diesem Hinhören, aus

dieser Anteilnahme kommt – und die sich auf dich überträgt.

Ich hatte eine Stunde zuvor in einem Café eine alte Dame beobachtet, die den Kellner mit immer neuen Wünschen an sich fesselte – »Haben Sie ein Streichholz? Können Sie mir bitte in den Mantel helfen? Wissen Sie, wo die nächste Straßenbahnhaltestelle ist?«

Vermutlich war es das einzige Gespräch für diese einsame Frau an diesem Tag. Und ich weiß, was ich beim Beobachten dieser kleinen Szene spontan dachte: Hoffentlich verschont dich das Schicksal vor einem Leben, in dem du so mühsam nach einem Echo suchen mußt.

*

Als mein Freund den Hörer auflegte, als ich nun definitiv wußte, daß er wirklich nichts von mir gewollt hatte, nur mal zuhören, wie es mir geht, war mir auch klar, daß an diesem Tag nichts Besseres mehr kommen konnte.

Denn das ist eine der schönsten Erfahrungen in dieser oft so brutal zweckorientierten, schnellen Zeit: Da hat sich ein alter Freund auf der Bühne des Lebens umgesehen, ob sein alter Mitspieler auch noch da ist. Und wenn man dies am eigenen Leib erfährt, spürt man, wie wunderbar das ist.

Rätselhaft bleibt bei alledem nur, warum es so selten geschieht.

Jedes für sich – und doch nichts ohne das andere

Liebe Freunde, nun feiert Ihr Euren zwanzigsten Hochzeitstag. Ich wurde gebeten, ein paar Worte zu sagen, so wie ich damals zu Euch gesprochen habe, als wir nach der Trauung in der kleinen bayerischen Kirche mit Euren Freunden zusammensaßen – und doch, welch ein Unterschied!

Damals gab es den Zauber, der jedem Anfang innewohnt. Es gab diese Hoffnung hinein in eine ungewisse Zukunft. Es gab diesen strahlenden Hochsommertag, den längsten des Jahres, der Eure Gäste animierte, Euch ein Leben zu wünschen »so schön wie heute«. Der Mensch sucht die Zeichen der Verheißung, ein sonnendurchglühter Hochzeitstag gehört dazu.

So stark ist keiner, daß er in solchen Momenten, da sich das Leben von zwei Menschen feierlich miteinander verknüpft, cool bleiben kann. Kinder streuen Blumen auf den Weg zum Altar; aber wer streut später noch Blumen auf dem Weg hinein in den Alltag?

Heute schauen wir zurück – und was sehen wir da? Ihr seid immer noch zusammen! Das klingt so verdammt banal und ist doch so großartig. Um Euch herum krachten Ehen wie morsche Bäume im Herbststurm, kaum ein Paar, das noch zusammen ist.

Ein Blick in die Scheidungsstatistiken – in den Städten soll es schon jede dritte Ehe sein, die zum Teufel geht! – zeigt uns die Blessuren, die der Zeitgeist einer totalen und oft auch brutalen Selbstverwirklichung der Institution Ehe zugefügt hat.

Für mich ist die Ehe einem Flug vergleichbar, einem Langstreckenflug, wenn das Schicksal gnädig ist. Einem Flug, der natürlich nicht an allen Turbulenzen vorbeikommt, und dann wackelt es schon mal. Kein Grund aber, den Flug abzubrechen, denn es gibt eben auch diese wunderbar weiten, wolkenlosen Strecken, in denen man dahingleitet, immer neuen Zielen entgegenfliegt, auf die kleine Erde herunterschaut – und dankbar ist, soviel zu sehen und zu erleben.

Eure Freunde fragen sich hin und wieder, was das Geheimnis Eurer zwanzig Jahre ist, denn sie wünschen sich insgeheim ja auch nichts anderes, als genau dieses Zusammensein »in guten und in schweren Tagen«, wie es damals in der Predigt hieß.

Und sie rätseln: Hängt das Glück an den Kindern, die Euer Haus mit Leben erfüllen? War es die Lebenskunst der Frau, mit der sie den kleinen Kosmos Familie mit Weite und Intimität zugleich gestaltete? Oder war es die Karriere des Mannes, die von Stufe zu Stufe nach oben führte?

Es ist immer wieder erstaunlich, wie hartnäckig wir versuchen, das Siegel aufzubrechen, das jedes Zusammensein – und vor allem jedes Zusammenbleiben – von zwei Menschen umschließt. Denn nichts ist so schillernd wie dieses Geheimnis des Glücks, das man nicht kaufen, nicht erzwingen, nicht erbitten und erbetteln kann.

Auch wir werden wiederum leer ausgehen, wollten wir irgendwelche Rezepte von Euch erbitten, wie man das Glück wenigstens in der Schwebe halten kann, damit es nicht im Alltagsstrudel versinkt.

Ich denke, wir kommen bei der Suche ein kleines Stück voran, wenn wir uns dem Urgrund nähern: der Liebe. Und da gefällt mir ein Wort des Philosophen Friedrich Wilhelm Schelling (1775–1854) besser als jede andere Definition, von denen es Tausende gibt. Dieses Wort lautet: »Das ist das Geheimnis der Liebe, daß sie solche verbinde, deren jedes für sich sein könnte und doch nichts ist und sein kann ohne das andere.« Ist es möglich, daß dieses altmodisch klingende Wort Eure Lebensmaxime gut beschreibt? Dann gibt es kein Halten auf dem Weg hin zur Silbernen, zur Goldenen Hochzeit, soweit es in Eurer Macht steht.

Von der Angst,
plötzlich »weg vom Fenster« zu sein

Er ist mein Freund. Er ist es seit zwanzig Jahren. Es ist eine Freundschaft auf der Sonnenseite der Straße. Lange Zeit gingen wir gemeinsam, nicht im gleichen Schritt, aber doch denselben Weg. Dann kam eine Gabelung – und er machte das, was man eine steile Karriere nennt. Er tauchte ein in die geheimnisvolle Welt der Mächtigen – und veränderte sich.

Nicht sofort, eher schrittweise. Anfangs rief er noch öfter aus dem Olymp herunter bei mir an. »Hast du Zeit auf ein Bier?« – »Wollen wir nicht mal wieder mit unseren Damen essen gehen?« Es war dann eine Stimmung zwischen uns wie in vergangenen Tagen. Und nachdem wir uns trennten, sagte meine Frau schon mal: »Erstaunlich, er ist ganz der alte geblieben.«

Damit meinte sie: Mein Freund hat nicht abgehoben, geht nicht auf Wolken, kann noch zuhören, redet nicht nur selber wie die meisten, die es geschafft haben. Und die es gewohnt sind, daß alle anderen die Ohren aufklappen, wenn sie als Chef Bedeutendes von sich geben.

So ging das zwei, drei Jahre, dann wurden die Anrufe seltener. »Zeitmangel«, sagte er. »Mein Beruf frißt mich auf«, klagte er, »aber da muß ich durch.« Es klang verbissen.

Wenn wir uns dann einmal wiedersahen, selten

genug, gab es wie in unseren früheren Jahren eine Umarmung, ein Aufleuchten in seinen Augen. Die Erinnerung an jene leichteren Zeiten stellte sich ein, als der Druck der Verantwortung noch nicht so groß war. Man konnte glauben, das Band der Freundschaft hielte uns noch zusammen, trotz der Pausen, die aber immer länger dauerten.

Meine Frau fragte mich dann schon mal in zweifelndem Ton: »Glaubst du immer noch, daß ihr befreundet seid? Oder klammerst du dich nicht vielmehr an eine Illusion?« Doch da mir unvorstellbar erschien, daß ein Freund nur deshalb kein Freund mehr sein soll, weil er in den Velours-Etagen der Macht residiert, sagte ich nur: »Du wirst schon sehen, wenn er in ein paar Jahren aussteigt, wird es sein wie immer mit uns.«

Seit gestern glaube ich das nicht mehr so ganz. Mein Freund war einmal wieder in unsere Stadt gekommen, ein Empfang auf höchster Ebene rief ihn herbei. »Man muß bei solchen Anlässen sein Gesicht zeigen, sonst ist man weg vom Fenster«, sagte er zu mir. Und nichts ist für ihn, der noch das große Rad dreht, bedrohlicher als dieses Gefühl, weg vom Fenster zu sein.

Er hatte mich bei dem Empfang nicht vermutet. So war er zuerst erschrocken, dann für Sekunden auch peinlich berührt, mich plötzlich dort inmitten der Wichtigen zu entdecken, zumal er vor einiger Zeit fest versprochen hatte, mich anzurufen, wenn er »in town« ist.

Und vordergründig betrachtet lief unser Gespräch sofort wieder auf vollen Touren. So war es immer bei uns. Aber als ich ihm davon berichtete, daß meine Frau plötzlich in die Klinik eingeliefert werden mußte, eine Notoperation ...

Was soll ich sagen? Während ich ihm also diese Information gab, sah ich, wie sein Blick abschweifte, er entdeckte jemanden, der ihm wichtig war, wichtiger als ich, wichtiger auch als mein Hinweis auf die Operation. Er gab sich einen Ruck, er wollte den Wichtigen, der da vorbeistreifte, nicht verpassen und ließ mich mit einem »Entschuldige ...« einfach stehen.

Als er nach etwa drei Minuten zurückkehrte – dies immerhin! –, klagte er darüber, was man alles an Kontakten ertragen müsse. Und wie hoch der Preis sei, den man dafür bezahlt. Vielleicht spürte er wenigstens in diesem Moment, daß es falsch ist, wenn man als Wichtiger andere Wichtige wichtiger nimmt als die Handvoll echter Freunde, die man in Wahrheit hat und durch abschweifende Blicke eigentlich nicht verprellen – und verlieren sollte.

Ein Augenblick,
da ich mich hätte melden müssen

Liebe Freundin, es gibt Gedanken, die sind plötzlich da, sie lassen sich nicht abschütteln, sie drängen nach vorn. Der Gedanke, Dir endlich schreiben zu müssen, ist ein solcher Gedanke.

Und ich gestehe: Ich schreibe Dir im Gefühl der Traurigkeit darüber, daß ich der Trauer nicht gerecht wurde, die ich empfand, als wir um Dich waren, als wir auf dem Friedhof bei klirrender Kälte Abschied nahmen und der Wind die Worte verwehte, die am offenen Grab über Deinen Mann gesprochen wurden.

Es gab dann dieses Defilee der Trauergäste, viele zogen wortlos an Dir vorbei, weil in der Kirche schon alles gesagt worden war, was menschliche Stimmen im Angesicht der Majestät des Todes noch zu sagen vermögen.

Dann kam, ein paar Tage später, eine schwarz umrandete Karte, in der Du Dich für die Anteilnahme bedankt hast, und noch heute weiß ich, daß Du auch die stummen Umarmungen in Deinen Dank mit einbezogen hast, weil es nicht jedem Menschen gegeben war, den Schmerz der Trauer in Worte zu kleiden.

Wir haben uns später noch einmal getroffen, bei einem dieser halboffiziellen Empfänge, zu denen auch die Witwen eingeladen werden, der Name des Mannes steht noch auf der Liste. da traut sich so schnell keiner, ihn durchzustreichen; und sicher hast Du mit Dir gekämpft: Soll ich kommen, soll ich absagen? Meinen sie mich, wenn sie mich einladen, oder bin ich nur hier inmitten der vielen, weil mein Mann hier früher Gast war, ein wichtiger Gast, dessen Name anderntags immer in der Zeitung stand.

Es war bei diesem Empfang, daß ich Dich fragte, ob der Schmerz der hochgepeitschten Trauer sich in langen Wellen langsam niederlegt. Und ich hörte von Dir, daß die Trauer nicht kleiner würde, sondern größer, mächtiger, unheimlicher.

Unser kurzer Dialog wurde dann jäh unterbrochen, weil sich jemand dazwischendrängte. So versprach ich nur, mich bald zu melden. Und irgendwie fühlte ich mich erleichtert: Was hätte ich noch Tröstendes sagen können, umringt von Menschen mit Champagnergläsern in der Hand, umsummt von Stimmengewirr, Partygerede: ob St. Tropez in diesem Sommer angesagt ist oder doch besser die Hamptons vor New York, ob Chanel oder Valentino, ob die Aktien steigen oder sinken ...

Auch dieser Empfang hätte in meiner Erinnerung gar keine Bedeutung mehr, wenn es nicht jenen fragenden, hilflosen, gleichsam nach innen gewandten Blick gegeben hätte, den ich bemerkte, als ich mich von Dir trennte, ein Blick, der mir bedeutete: Ich hoffe, Du meldest Dich, wie Du es jetzt versprochen hast.

Und nun beginnt die Strecke des Weges, die ich in dem Gefühl überblicke, versagt zu haben. Ich hätte mich melden müssen! Telefonieren. Schreiben. Blumen schicken. Ein Treffen in der Stadt vorschlagen. Einen Spaziergang im Park, der sich in der Nähe des Friedhofs ausbreitet, wie geschaffen zu Gesprächen fernab vom Lärm der Stadt. Gespräche, die den Menschen mit einbeziehen, dem unsere Trauer gehörte an jenem klirrend kalten Wintertag.

Warum geschah nichts dergleichen? Wenn ich in mich hineinhorche: Aus Angst? Aus Gleichgültigkeit? Aus Selbstschutz? Vielleicht aus einer Mischung alldessen.

Zwei-, dreimal hatte ich schon den Telefonhörer in der Hand, aber dann kam dieser Gedanke: Das erste Mal allein mit Dir ohne Deinen Mann, das muß arrangiert werden, das geht nicht so nebenbei. Vielleicht ein Abend mit mehreren gemeinsamen Freunden. Dann der Versuch, sie alle auf einen Termin zu vereinen, ein kühnes Unterfangen in dieser Zeit, da kaum noch einer da ist, wo er eigentlich hingehört.

Kurzum: Weil das Große nicht klappte, unterblieb das Kleine, das ganz Alltägliche, das gleichwohl so einfach gar nicht ist, wie es ausschaut. Indem ich Dir schreibe, wird mir bewußt, wie falsch es war, nicht meiner Eingebung zu folgen, sich wenige Tage später »einfach nur so« zu melden, sondern etwas in Szene setzen zu wollen, was in Deiner Situation fürs erste ohnehin nicht auf der Wunschliste ganz oben steht. Verzeih mir also bitte, wenn ich Dich morgen anrufe.

»Es war so schön zu leben, da du lebtest«

Millionen Wörter rauschen an dir vorbei, du wirst zugeschüttet mit Informationen, mit Banalem wie Wichtigem, mit Beschwörungen der Politiker und Funktionäre aller Couleur, auch mit allerlei Glitzerkram aus dem Zirkus unseres Lebens. Die ganze Farbenskala von Gut bis Böse leuchtet Tag für Tag grell vor dir auf, blendet dich und ermüdet dich und läßt dich irgendwann mit der Frage zurück: Und was von all den vielen Wörtern ist gut für meine Seele?

Das ist der Augenblick, da du an den Bücherschrank trittst, das eine oder andere Buch hervorziehst, in ihm blätterst, und irgendwann geschieht es dann: Du findest – in einem Roman, in einer Biographie, in einem Gedicht – ein paar aneinandergereihte Buchstaben, in denen sich spiegelt, was du im Unterbewußtsein in dir trägst.

Und dann sagst du zu dir selbst: »Ja, so ist es, genauso ist es.« Ein glückliches Gefühl, weil es dich mit der Welt da draußen verbindet, weil es dir zeigt, daß du mit deinen Fragen, Sorgen, Gedanken nicht allein bist.

Mein Freund berichtete mir jetzt von einer solchen geheimnisvollen Wirkung, die er durch eine einzige Zeile eines Gedichts bei sich selbst feststellen konnte.

Er war damit beschäftigt, eine kurze Rede zu konzipieren, die er in ein paar Tagen halten will – zu einem wunderbaren Anlaß; einem runden Geburtstag seiner Frau, der noch dazu genau auf den Tag fällt, da sie beide fünfundzwanzig Jahre verheiratet sind.

»Es gab in all den Jahren keinen Tag, an dem wir uns ernsthaft gestritten haben«, sagte mein Freund. Er drückte diesen Befund seiner Ehe eher zurückhaltend aus, weil er sich scheute, das Glück allzu laut zu betonen.

Auch könnte Verwunderung aufkommen, da doch heute jede dritte Verbindung wieder zerbricht. Oder gar der Gedanke, er sei wohl etwas simpel gestrickt, wenn er die friedfertige Harmonie in seiner Ehe so sehr lobt – leben wir nicht in einer emanzipatorischen Zeit, in der gute Mädchen in den Himmel, böse Mädchen aber überall hinkommen?

Er möge mir also endlich verraten, welche Zeile ihn so sehr beeindruckte, daß er sie zum Motto seiner kleinen Ansprache bei der Geburtstagsfeier machen will; schließlich gibt es Aphorismen zur Ehe und Gedanken über die Liebe in unendlicher Zahl.

Es sei diesmal kein deutscher Dichter, erwiderte mein Freund, kein Goethe, »der ja immer für alles herhalten muß«, nein, es sei ein Chilene, ein Mann, dessen Memoiren den stolzen Titel tragen: *Ich bekenne, ich habe gelebt*. Ein Lyriker, der 1971 mit dem Nobelpreis ausgezeichnet wurde, Pablo Neruda.

Und wie lautet diese Zeile?

Mein Freund hält den schmalen Band in den Hän-

den, schlägt die Seite auf, zelebriert mir diese Kostbarkeit, die er beim Herumstöbern in seiner Biblio-
thek gefunden hat, läßt den Vers nachschwingen, ehe
er die Deckel wieder zuklappt. »Es war so schön zu
leben, da du lebtest.«

Diese Zeile, begeisterte er sich, habe ihn sofort
berührt. In ihr würde mitschwingen, was er beim
Rückblick auf seine Ehe empfindet. Die Ausschließ-
lichkeit – im zeitlichen Ablauf: »da du lebtest« –,
aber auch in dem Gedanken, den wir in unserem Alltag in schlichtere Worte fassen: »Gut, daß es dich
gibt.«

Es geht ihm um die Liebe, die den einen Menschen meint, und nur diesen, nicht um die Liebe von
jener Art, die heute so oft im Schwange ist: Ist es
nicht der eine Partner, ist es eben ein anderer. »Ja,
darüber werde ich sprechen«, sagte mein Freund, fügte aber vorsichtshalber noch leise hinzu: »Auch wenn
ich damit für einige unter den Geburtstagsgästen total überholt wirke. Aber wenn man an einem solchen
Tag nicht über die Quintessenz seines Lebens spricht,
wann denn dann?«

Von Peter Ustinov sind in unserem Haus folgende Titel erschienen

Gott und die Staatlichen Eisenbahnen
Erzählungen

Der Intrigant
Zwei Novellen

Mit besten Grüßen
Kurzessays

Krumnagel
Roman

Sir Peter Ustinov, geboren am 16. April 1921 in London, ist der Sohn eines russisch-französischen Künstlerehepaares, liberaler Kosmopolit, UNICEF-Botschafter und Multitalent. Zu Weltruhm gelangte das Allround-Genie durch Film, Fernsehen, Theater, Oper und nicht zuletzt als Romancier.

Was ich von der Liebe weiß
Beflügelte Weisheiten

Der Verlierer
Roman

Ich und Ich
Erinnerungen

Der Mann, der es leicht nahm
Erzählungen

Peter Ustinovs geflügelte Worte
Aphorismen

Der Alte Mann und Mr. Smith
Roman

Econ | ULLSTEIN | List

Florenz im Sommer 1944: Der
deutsche Offizier Hans
Winterschild verliebt sich in eine
sechzehnjährige italienische
Prostituierte. Diese Entdeckung
wirft den jungen Hans, dessen
Herz bisher nur für Vaterland
und Evangelium schlug, in eine
tiefe Krise: Zum erste Mal in
seinem Leben wird er von dem
Verlangen nach Liebe und Nähe
überwältigt. Doch es ist Krieg,
die deutschen Truppen befinden
sich auf dem Rückzug, und auch
Hans muß mit seiner Truppe die
Stadt räumen. Dabei verliert er
das Mädchen aus den Augen,
und eine hoffnungslose Suche
nach dem verlorenen Glück
beginnt.

Eine ergreifende Geschichte, ein
bewegendes Menschenleben, ein
kühner erster Roman des jungen
Peter Ustinov.

Peter Ustinov

Der Verlierer
Roman

Econ | ULLSTEIN | List